KB160776

서원으로 남명학파를 보다

경상대학교 남명학연구소
남명학교양총서 23

서원으로 남명학파를 보다

김기주 지음

景仁文化社

목 차

제2부 남명학파의 서원들(건립 연도순)

서 문

    지리산과 인연을 맺은 지도 벌써 6년째다. 지난 6년 동안 지리산권 5개 시군(함양, 산청, 하동, 구례, 남원)에 산재해 있는 서원 하나하나를 일일이 답사하며 그 현황을 파악하고 관련 자료를 정리해 왔다. 그리고 그 과정에서 자연스럽게 남명학파와 남명학파의 서원에 대한 관심을 키울 수 있었다. 이 책은 바로 그 관심의 결과물이다.

    하지만 이 책이 나오기까지의 과정이 아주 순조로웠던 것은 아니다. 책을 출간하기에 앞서 남명학파의 서원관련 논문인 「남명학파의 서원과 남명학파의 전개」를 먼저 발표한 후, 그것을 더욱 상세하게 다시 풀어 설명함과 동시에 관련 자료를 덧붙여 책을 출간하기로 마음을 먹고 있었다. 그런데 내용이 보완되거나 수정되어야 한다는 이유로 논문이 2차례나 게재불가 판정을 받게 되면서, 책의 출간은 불가피하게 두 차례나 연기될 수밖에 없었다. 남명학파와 그 서원의 외연을 확정하는 것도, 남명학파 서원을 하나하나 확인하는 것도 그리 녹녹치 않았던 것이다. 하지만 그 과정을 통해서 논문뿐만 아니라, 책의 내용도 다시 다듬을 수 있었고, 전체적인 완성도 역시 높아졌으니 이런 저런 문제점을 지적해 주신 논문의 심사 자분들께 감사할 따름이다.

무엇보다 서원은 조선 중기 이래, 지역의 주요한 교육 기관이자 학파활동의 거점역할을 수행하였다. 한마디로 말해 지역의 교육과 학문 그리고 문화 활동의 중심이었던 것이다. 따라서 서원에 대한 이해는 그 지역의 학문과 문화에 대한 이해와 깊이 관련되어 있다. 조선 후기 성리학파에 대한 이해도 서원과 분리될 수 없다고 생각된다. 대부분의 학파 활동이 서원을 매개로 이루어졌을 뿐만 아니라, 그 학파가 표방한 학문적 관점이나 특징을 전수·보급·확산하는 장소 역시 서원이었던 것이다. 그런 의미에서 서원이라는 창을 통해 남명학파를 바라보는 것이 가능할 뿐만 아니라, 이것이 남명학파를 이해하는 새로우면서도 훌륭한 길이 되어 줄 것이라고 생각된다.

지금까지 학파에 대한 연구는 주로 특정 인물과 학술 이론을 통해 이루어졌다. 그리고 그 연구는 대부분 매우 추상적이고 이론적이어서 전문가가 아닌 일반인들에게는 이해하기도 접근하기도 쉽지 않았던 것이 사실이다. 반면에 서원에 대한 연구는 무엇보다 일상생활 속에 접할 수 있는, 지역의 서원을 매개로 한다는 측면에서 구체성을 확보하고 있다. 뿐만 아니라 서원에서 제향되거나 활동한, 혹은 서원이 배출한 인물들 대부분은 그 지역과 불가분의 관계를 맺고 있다. 그만큼 서원에 대한 논의는 일반인들도 친근하게 접근할 수 있는 연결고리를 이미 확보하고 있는 셈이다. 서원을 징검다리 삼아 그곳에서 활동한 인물로, 그 인물의 학술사상으로, 혹은 학파로 관심을 넓혀 갈 수 있다면, 학술뿐만 아니라 그 지역의 전통문화는 더욱 생동감 있는 모습으로 재구성될 수 있을 것으로 기대된다.

그리고 짐작되듯, 이 책은 앞서 발표한 연구논문 「남명학파의 서원과 남명학파의 전개」를 뼈대로 더욱 내용을 보충하고 확장한 것이다. 그러다보니 일부 내용에 대해 전문 연구자가 아닌 일반인들이 관심을 가지거나 쉽게 읽고 이해할 수 있는 내용이 아니고, 그런 의미에서 교양총서에 어울리지 않는다 말할 수도 있을 것이다. 하지만 '교양'이라는 말에 전문가가 아닌 사람도 이해할 수 있는 일반적인 내용이라는 의미만 함축되어 있는 것은 아니다. '교양敎養'은 '가르쳐서 기른다'는 글자 그대로의 의미를 토대로, 문화에 대한 기본적인 지식을 의미하기도 하고, 그 기본적인 지식을 바탕으로 형성된 일상생활에 있어서의 품위나 품격을 가리키기도 한다. 기본적이란 근원적이어서 삶을 살아가는데 반드시 필요한 것이라는 뜻이기도 하다. 이런 의미에서 보자면 '교양서'가 반드시 이해하기 쉬운 책이어야 하는 것은 아닌 셈이다. 쉬운 책을 만들기 위한 노력이 다소 부족했지만, 그래도 이 책이 남명학파에 대해 관심을 가진 이들에게 남명학파에 접근하는 작지만 친절한 길이 되길 소망해 본다.

2013년 9월
普賢山 아래 別墅에서

제1부

서원과 남명학파

1. 학파를 이해하는 새로운 길, 서원

우리가 알고 있는 서원은 조선시대의 고등교육기관이다. 그러나 서원이 처음부터 교육기관이었던 것은 아니다. 우리나라에서 '서원書院'이라는 명칭이 처음 등장한 신라 말기, 그것은 도서관 기능을 수행하던 정부기구나 그 기구와 관련된 관직을 가리키는 말이었다. 신라를 이어 고려시대에도 서원이라는 명칭이 사용되었지만, 그 역시 도서관 기능을 수행하던 정부 기구를 지칭하는 것이었다.

그렇다면 우리가 알고 있는 사립 교육기관으로서의 서원은 언제 등장한 것일까? 그것은 1543년 당시 풍기군수로 있던 주세붕周世鵬(愼齋, 1495~1554)이 백운동서원白雲洞書院을 건립한 것에서 유래한다. 주세붕은 고려 후기 원元나라로부터 성리학을 도입한 안향安珦(晦軒,

소수서원 문성공묘

1243~1306)의 고향인 풍기 순흥에 그를 제향하는 사당과
함께 서원을 세웠던 것이다. 이 백운동서원은 주세붕을
이어 풍기군수로 부임한 이황李滉(退溪, 1501~1570)의
노력에 의해 1550년 소수서원紹修書院으로 사액賜額되
었다.

서원과 학파의 활동

백운동서원이 세워진 이래 1550년에는 해주에 문헌서
원文憲書院이 세워졌고, 1552년에는 함양에 남계서원灆
溪書院이, 1553년에는 영천의 임고서원臨皐書院 등 각 지

함양 남계서원 전경

역에 연이어 서원이 세워지기 시작하였다. 그리고 이렇게 시작된 서원의 역사는 여러 우여 곡절을 겪으며 전개되었지만, 서원 자체는 조선 후기 주요한 사립 교육기관으로 확고하게 자리 잡았다. 그러나 학술이론 외에 정파政派와 사승師承, 지역성 등이 뒤섞인 조선 후기 학파의 전개과정 속에서 서원은 더 이상 순수한 교육기관의 역할만을 수행할 수는 없었다.

　학파의 전개가 학술적인 내용만으로 결정되지 않았듯, 서원 역시 순수하게 교육적인 기능만을 수행하지는 않았던 것이다. 서원은 지역의 고등 교육기관, 출판사 및 도

백운동 현판

사액되었다는 것은 말 그대로 서원의 이름을 새긴 현판[額]을 국왕이 내려 주는[賜] 것을 뜻한다. 이렇게 현판을 국왕이 내려 준다고 할 때, 그 현판 자체도 매우 중요한 것이었지만 그것은 상징적인 의미를 가질 뿐이다. 보다 실질적인 혜택은 사액과 함께 딸려오는 정부의 여러 지원이다. 시대에 따라 조금씩 차이가 있지만, 사액서원은 국가에서 공인한 교육기관임을 의미하고, 국가로부터 서원 운영에 필요한 전답과 그것을 경작할 노비, 그리고 교육에 필요한 서적 등 여러 측면에서 지원을 받을 수 있었다. 그래서 서원을 건립하는 것도 지역 유림의 공론형성 등 쉽지 않은 과정을 거쳐야 했지만, 그렇게 건립된 서원이 사액을 받는 것은 더욱 어려웠다고 할 수 있는데, 조선시대 사액서원의 숫자는 사우祠宇를 포함하여 대략 270개 전후로 알려져 있다.

서관이라는 긍정적인 역할 이외에도 수많은 부작용을 불러일으킨 향촌 유림의 지역운영 혹은 지배 기반으로 작용하였고, 중앙 정계와 연결고리를 형성하며 학파와 정파 활동의 지역 거점 역할까지 수행하였다.

그런데 이러한 서원의 여러 기능이나 역할가운데 서원이 학파활동의 지역 거점으로 작용했다는 사실에서 보자면, 각각의 서원이 가진 다양한 정보, 곧 건립시기와 지역적인 분포, 제향되는 인물과 그 성격, 사액여부 등을 통해 특정 학파의 활동과 전개과정을 이해해 볼 수 있게 된다. 즉 서원을 통해서 특정학파의 활동영역과 전개과정에서 드러나는 특징을 이해할 수 있는 것이다. 기존의 학파에 대한 연구 역시 학술이론과 그 이론을 전승한 인물들, 혹은 각 학파가 표명하고 있는 학술이론의 동이同異에 대한 이해를 중심 과제로 설정하면서, 동시에 지역성이나 사승관계, 정치적 입장 등 학술적인 내용 이외의 것을 통해서 학파에 대한 이해를 시도해 온 것이 사실이다.

그렇다면 서원과의 연관성 속에서 학파에 대한 연구를 진행하는 것은 곧 특정 학파를 이해하는 기존의 시각과 구분되는 새로운 틀을 확보하는 길이기도 하다. 서원을 통해 남명학파에 접근하는 것은 서원과의 관련성 속에서 남명학파를 이해하는 일인 동시에, 남명학파의 전개 과정을 서원과의 관련성 속에서 새롭게 읽을 수 있는 틀을 조선 후기에 성립한 각 학파는 동일한 특징을 가진 학술이론을 공유하는 것 외에, 정치적 색채나 지향을 함께하는 정파였고, 대체로 특정 인물에 뿌리를 두고 하나의 사승관계로 맺어진 동문이었으며, 또 동일 지역 출신연고를 가진 사람들의 공동체이기도 하였다. 그래서 학파의 명칭도 이 가운데 어느 측면을 강조하는가에 따라 하나의 학파에 대해 다른 이름이 사용되었다. 즉 동일한 특징을 가진 학술이론이 강조되는 경우 주리파主理派와 주기파主氣派 등으로 분류되고, 정치적 입장을 함께 하는 정파의 측면을 강조할 경우 남인학파南人學派, 노론학파老論學派, 북인학파北人學派 등의 명칭이 사용되었다. 이밖에 퇴계학파退溪學派나 율곡학파栗谷學派는 하나의 사승이나 동문관계를, 그리고 영남학파嶺南學派나 기호학파畿湖學派는 출신연고지를 기준으로 분류한 경우이다. 이제 만약 서원을 통한 학파의 이해가 가능하다면 학파를 이해하는 새로운 기준이 하나 더 늘어나는 셈이다.

만드는 것이기 때문이다. 이와 같은 생각에서 이 책은 우리나라 전체 서원 가운데, 남명학파의 서원을 구분해서 그 현황을 파악해 보는 것과 함께, 그것에서 드러나는 특징을 확인함으로써 남명학파의 서원뿐만 아니라, 서원을 통해 남명학파와 그 전개과정을 이해하기 위한 첫 시도라고 할 수 있다.

조선에서 서원 정책의 변화

그런데 이러한 목표에 접근하는 과정에서 무엇보다 먼저 우리가 만나게 되는 어려움은 남명학파의 서원을 정확하게 분류 확인하는 것이 쉽지 않다는 점이다. 그것은 1865년 만동묘萬東廟를 철폐하는 것에서 시작하여 1871년 전국에 47개만을 남기고 모든 서원을 훼철하는 것으로 마무리된 대원군의 서원철폐령 이전에 조선의 서원정책이 여러 차례 바뀌면서 수 많은 서원들이 건립된 후, 훼철되었다가 다시 복설되는 복잡한 과정을 이미 겪었기 때문이다. 조선 중기의 왜란과 호란, 근대 이후 급격한 사회적 변동과 한국전쟁 등을 겪으며 소실되거나 훼철되는 복잡한 과정을 겪으면서 조선 중후기 이래 건립된 전체 서원의 숫자를 정확하게 확인할 방법이 없는 것이다.

이처럼 조선 중후기의 서원 정책이 여러 차례 변화하게 된 계기, 또는 대원군이 대부분의 서원을 훼철하는 명분이 되었던 것은 서원과 사액서원의 숫자가 늘어남과 동시에 그에 비례해서 나타난 여러 폐단들이었다. 서원의 폐단, 곧 서원이 넓은 토지를 점유하고, 피역의 소굴이 되는 등의 문제에 대해 처음으로 부정적인 의견을 제시한 인물은 첫 서원이 세워진지 100여년 만인 1644년(인조 22)에 경상감사로 있던 임담이었다. 그는 서원 제향자의 제향조건이 일정하지 않은 것과, 양역의 폐단을 지적하며 서원건립을 국가에서 파악하여 조정해야 한다고 처음으로 주장하였다. 하지만 그의 주장은 받아들여지지 못하였다. 그 뒤 서원과 관련한 문제들이 점점 커지자 10여년 뒤인 1657년(효종 8년) 충청감사 서필원이 상소를 통해 서원의 설립을 국가에서 통제해야 한다고 주장하였다. 그리고 이것이 계기가 되어 서원 건립은 반드시 조정의 허가를 받도록 하였지만, 늘어나는 서원이나 사액서원의 숫자를 실질적으로 막거나 줄이지는 못하였다.

숙종 후반기에 이르러 동일 인물이 여러 서원에 제향되는 첩설을 금지함과 동시에, 다른 한편으로는 서원들을 심의하여 일부 훼철을 결정하였지만, 붕당정치 아래에서 주로 정치적 보복의 형식이 되어버림으로써 충분한 효과를 거두지는 못하였다. 그러다가 1741년(영조 17)에 마침내 허가 받지 않고 건립된 178개의 서원과 사우를 훼철하는데 성공하였으나, 이러한 서원정책은 정조대에 이르러 다시 상당히 완화되었고, 순조 대 이후에는 서원 건립에 사실상 아무런 제약을 가하지 않게 되었다. 이와 같은 상황에서 영조시기에 훼철되었던 서원과 사우의 상당수가 다시 복설되었는데, 이런 복잡한 서원의 전개사는 결국 대원군에 의해 전국 47개 서원만을 남기고 모두 훼철되는 것으로 일단은 마무리되었다. 하지만 대원군의 몰락이후부터 현재에 이르기까지 그 훼철되었던 상당수 서원이 또다시 복설되었다.

대원군 당시 훼철되지 않은 47개 서원을 참고삼아 열거해 보면 그 명단은 다음과 같다. 즉 개성의 숭양서원崧陽書院, 용인의 심곡서원深谷書院, 파주의 파산서원坡山書院, 여주의 강한사江漢祠, 강화의 충렬사忠烈祠, 광주廣州의 현절사顯節祠, 김포의 우저서원牛渚書院, 포천의 용연서원龍淵書院, 과천의 사충서원四忠書院, 양성의 덕봉서원德峰書院, 과천의 노강서원鷺江書院, 고양의 기공사紀功祠, 연산의 돈암서원遯巖書院, 홍산의 창렬사彰烈祠, 청주의 표충사表忠祠, 노성의 노강서원魯岡書院, 충주의 충렬사忠烈祠, 태인의 무성서원武城書院, 광주光州의 포충사褒忠祠, 장성의 필암서원筆巖書院, 경주의 서악서원西岳書院, 선산의 금오서원金烏書院, 함양의 남계서원藍溪書院, 예안의 도산서원陶山書院, 상주의 옥동서원玉洞書院, 안동의 병산서원屛山書院, 순흥의 소수서원紹修書院, 현풍의 도동서원道東書院, 경주의 옥산서원玉山書院, 상주의 흥암서원興巖書院, 동래의 충렬사忠烈祠, 진주의 창렬사彰烈祠, 고성의 충렬사忠烈祠, 거창의 포충사褒忠祠, 영월의 창절서원彰節書院, 철원의 포충사褒忠祠, 금화의 충렬서원忠烈書院, 해주의 청성묘淸聖廟, 백천의 문회서원文會書院, 장연의 봉양서원鳳陽書院, 북청의 노덕서원老德書院, 영유의 삼충사三忠祠, 안주의 충민사忠愍祠, 영변의 수충사酬忠祠, 평양의 무열사武烈祠, 정주의 표절사表節祠, 평산의 태사묘太師廟 등이다.

서원의 전체 숫자는?

아무튼 이처럼 복잡하게 전개되어 내려온 서원의 역사로 인해 조선시대에 건립된 전체 서원의 정확한 숫자를 파악하는 것은 현재 거의 불가능한 일이 되어 버렸다. 그리고 이점을 반영하듯 조선시대 서원의 전체 숫자를 집계한 연구 결과 역시 다음과 같이 서로 불일치하는 몇 가지 견해로 나누어져 있다. 『한국민족문화대백과사전』의 서원 통계(1)[1]와 정용우의 「조선조 서원·사우에 대한 일고찰」에서의 집계(2),[2] 그리고 윤희면이 「조선시대 서원정책과 서원의 설립 실태」에서 제시한 통계(3)[3]를 구분하여 살펴보면 조선시대 서원의 건립실태는 대체로 아래 표와 같이 집계된다.

[표 1] 조선시대 서원 · 사우의 건립 실태

		중종이전	중종	명종	선조	광해	인조	효종	현종	숙종	경종	영조	정조	순조	헌종	철종	고종	미상	계	합계	사액
1	서원		4	18	63	29	28	27	46	166	8	18	2	1				7	417	909	200
	사우		12	1	22	9	25	10	23	174	20	145	6		1	1		46	492		70
2	서원	1	3	16	64	32	30	27	52	174	10	22	6	2	1			25	465	965	208
	사우	12	1	0	27	7	25	9	19	169	17	125	6	1	1			81	500		71
3	서원		1	16	70	35	33	31	48	175	8	50	47	52	12	19	1	82	680	1721	
	사우				27	7	33	11	25	188	25	166	75	128	34	34	6	282	1041		

『한국민족문화대백과사전』에서는 전체 서원을 909개, 정용우는 965개, 윤희면은 1721개로 집계하고 있는 것이다. 이렇게 정리된 세 가지 관점을 서로 비교해 봐도, 서원의 건립 실태는 그 숫자에 있어서 현격한 차이를 보여준다. 하지만 대원군의 서원 철폐 당시 경상도의 서원과 사우의 숫자만 600여개라는 정민병의 주장이나,[4] 이수환이 『조선후기 서원 연구』에서 제시한 경상도 지역의 서원과 사우만 711개에 이른다는 주장에 근거해 보면 세 번째(3) 윤희면의 주장이 가장 사실과 가까운 것처럼 보이기도 한다.[5]

남명학파의 서원에 접근하려는 우리에게 이처럼 전체 서원의 숫자를 정확하게 파악하기 어렵다는 점도 큰 문제이지만, 더 큰 문제는 이렇게도 많은 그리고 숫자에 있어서 이렇듯 편차가 심한 서원들 가운데 어떻게 '남명학파의 서원'을 구분해 낼 것인가 하는 점이다. 따라서 우리가 목표로 설정한 남명학파의 서원을 살펴보기 위해서는 무엇보다 '남명학파의 서원'이 무엇인지 그 조건을 규명함으로써, 이렇게 많은 서원들 가운데 다른 학파의 서원과 구별되는 남명학파의 서원을 구분해 내는 것이 아마도 최우선적인 일일 것이다.

그런데 다른 학파의 서원과 구별되는 '남명학파의 서원'이 무엇인지에 대한 규명은 다시 '남명학파'와 '서원', 이 양자의 성립조건과 관련되어 있으므로, '남명학파의 서원'을 논하기 위해서는 '남명학파' 뿐만 아니라, '서원'의 내포와 외연, 곧 내적 조건과 외적 범위 역시 확정되어야 하는 것이다. 이렇게 보면 대강 우리 논의의 순서가 정해지게 되는데, 그것은 '서원'과 '남명학파'에 대한 논의를 거쳐 최종적으로 '남명학파의 서원'에는 어떤 것이 있는지를 확정하는 길이 될 것이다. 그렇다면 먼저 서원이 무엇인지에 관한 것에서 우리의 이야기를 시작해 보자.

2. 중국, 서원의 등장과 전개

지금까지 우리나라의 서원에 대한 연구는 주로 역사학이나 건축학 영역에서 이루어져 왔다. 서원과 관련된 그리 많지 않은 연구 성과물도 대부분 이 두 학문 영역에서 산출되었다고 해도 과언이 아니다. 역사학 영역에서는 주로 시기별 서원의 전개사가 주요 관심 영역이었다면, 건축학 분야에서는 서원의 평면구성이나 건축 구조 등이 주요 연구의 대상이 되었다. 이렇게 본다면 지금까지의 서원에 대한 이해가 상당부분 역사학이나 건축학적 시각에 한정되었다고 말할 수도 있을 것이다. 그리고 바로 이점에서 서원으로 접근하는 길이 충분히 다양하게 닦이지 못했다는 사실 또한 확인하게 된다. 특히 서원이 유학 혹은 성리학과 밀접하게 관련 맺고 있음을 일반적으로 인정해 온 터임에도 불구하고, 성리학과의 관련성 속에서 서원에 대한 연구가 충실하게 진행되지 못했던 것이다.

물론 서원이 보여주고 있는 건축학적 구조나 서원의 역사적 전개 상황 등에 대한 이해가 불필요한 것일 수 없다. 하지만 서원이 본래 성리학과 불가분의 관계를 맺으며 전개되어 왔다면, 성리학과의 연관성 속에서 서원을 이해하려는 노력 역시 결여될 수 없다고 생각된다. 그런데 서원의 어떤 측면으로부터 성리학과의 연관성을 이야기할 수 있을까? 이 물음에 대해 아래에서 우리는 4가지, 곧 중국에서 서원이 성장하는 계기, 조선에서 서원이 설립되는 배경, 서원의 교육내용 그리고 마지막으로 서원의 공간구성이라는 4가지 측면을 중심으로 서원이 성리학과 어떻게 관련 맺고 있는지를 살펴봄으로써, 서원이 어떤 것 혹은 무엇인지 그 외연을 확인해 보자.

당나라에서의 서원

우선 '중국의 서원'에서 우리의 논의를 시작하는 것이, 성리학과 서원의 관계 그리고 성리학 국가인 조선에서 서원이 필연적으로 등장하고 발전할 수밖에 없었던 까닭 등을 이해하는 데 도움이 될 것 같다.

중국에서 서원이라는 명칭이 처음으로 등장한 것은 『신당서新唐書』의 「백관지百官志」이다. 당唐(618~907)나라가 건국된지 꼭 100년 만인 718년(玄宗 開元6)에 '여정수서원麗正修書院'이라는 명칭을 처음으로 사용하였고, 7년 뒤인 725년에는 그 명칭을 다시 '집현전서원集賢殿書院'으로 고쳤다. 당시의 서원은 국립 도서관과 출판사 외에 황제에게 인재를 천거하거나 자문 역할을 수행하는 정부기구였다. 우리나라의 통일신라 말기 그리고 고려시대에 서원이라는 정부기구가 등장한 것도 이러한 당나라로부터의 영향과 무관하지 않다고 짐작된다.

이렇게 정부기구로서의 서원이 등장한 이후, 중국에서는 당나라 때에 이미 민간에도 서원이라는 명칭을 사용하는 곳이 생겨나기 시작하는데, 그 대부분은 유자儒者들의 개인적인 독서공간이자 학문연구 공간이었다. 이와 같은 개인 독서공간으로서의 서원에 대한 기록은 당나라 시기 2천 2백여 명이 지은 약 5만 수의 시를 묶어놓은 책『전당시全唐詩』와 당시의 여러 지방지地方誌에서 확인할 수 있다. 먼저『전당시』의 몇몇 시詩에서 당시 서원의 명칭을 확인할 수 있는데, 이필서원李泌書院, 이관중수재서원李寬中秀才書院 등과 같이 상당수가 서원을 세운 인물의 이름으로 서원의 명칭을 삼았다. 이러한 사실에서 보자면 당나라 민간에서 서원의 건립은 매우 사적으로 진행되었을 뿐만 아니라, 그렇게 세워진 서원의 기능 역시 철저하게 개인적인 공간으로 사용되었다고 이해된다. 이것은 조선에서 처음 지방관이나 지역유림이 주도하거나 참여하여 서원을 건립하던 전통과 구분되는 부분이기도 하다.

또 다른 한편으로는 이 시기 몇몇 지방지에서도 서원의 명칭이 전해지는데, 절강浙江 소흥紹興의 여정서원麗正書院, 복건福建 장주漳州의 송주서원松州書院, 호남湖南 형산衡山의 남악서원南嶽書院, 호남湖南 형양衡陽의 석고서원石鼓書院, 강서江西 봉신奉新의 오동서원梧桐書院 등

20여 곳의 서원 이름이 확인된다. 여기에서 후대로 갈수록 서원은 국가 기관에 한정하는 것이 아니라, 정부에서 민간으로 그리고 중앙에서 지방으로 확산되었으며 그 과정에서 유자들이 중요한 역할을 수행하였다는 사실이 드러나고 있다.

송대 서원과 성리학

이렇게 시작된 중국 서원의 역사는 송宋대에 이르러 큰 전환점을 이루며 발전하게 되는데, 그 계기가 된 것에는 일차적으로 관학의 쇠퇴와 인쇄술의 발달, 사찰이라는 근거지를 두고 활동하는 불교의 영향 등을 꼽을 수 있지만 그 중에서 가장 중요한 것은 다름 아닌 성리학의 출현과 서원을 중심으로 한 성리학자들의 강학講學 활동이다. 그리고 이러한 강학활동을 통해 성리학 혹은 성리학파는 서원과 불가분의 관계를 맺으며 함께 성장하였다.

남송초기 호안국胡安國(1074~1138)과 호굉胡宏(伍峯, 1106~1161) 부자는 호남湖南의 형산衡山에 은거하여 벽천서원碧泉書院과 문정서당文定書堂을 세우고 강학하였고, 장식張栻(南軒, 1133~1180)은 장사長沙에 성남서원城南書院을 세웠으며, 악록서원嶽麓書院에서 강연을 하였다. 주희朱熹(晦庵, 1130~1200)의 경우에도 백록동서원白鹿洞書院을 중건하였을 뿐만 아니라, 운곡雲谷·한천寒

중국 무이서원

泉·무이武夷·죽림竹林 등의 여러 정사精舍와 서원을 세
워 강학활동을 하였다. 이밖에 여조겸呂祖謙(東萊先生,
1137~1181)은 금화金華의 이택서원麗澤書院을 세웠고, 육
구연陸九淵(象山, 1139~1192)은 금계金溪의 괴당서옥槐堂
書屋과 귀계貴溪의 상산정사象山精舍를 세웠다. 명明나라
시대의 왕수인王守仁(陽明, 1472~1528) 역시 용강서원龍岡
書院, 회계서원會稽書院, 염계서원濂溪書院 등을 세우거나
중건하며 강학활동을 하였다.[6] 이렇듯 대부분의 송명시
대 이름난 성리학자들은 서원을 세워 그곳을 중심으로
강학활동을 하였고, 또 그것을 토대로 학파를 형성해 갔
다. 특히 중국에서 서원은 성리학의 등장과 함께 새로운
계기를 마련하며 성장하면서, 학파의 성립과 전개과정을

보여주는 하나의 소재가 되었음이 확인된다. 서원의 성장 배경에는 성리학이 굳건히 자리 잡고 있었던 것이다. 그런데 이러한 서원과 성리학과의 관련성은 조선의 서원에서도 마찬가지로 확연하게 찾아볼 수 있는 특징이기도 하다.

3. 조선에서 서원이 세워지기까지

서원과 성리학의 관련성은 조선에서 서원이 세워지는 배경에 대한 이해에서도 확인된다. 다시 말해서 조선 중기에 이르러 어떤 계기로 서원이 건립되기 시작하여 그것이 폭발적으로 증가하게 되었는지를 살펴보는 것에서도 서원과 성리학의 관련성을 찾아볼 수 있는 것이다. 조선에서 본격적으로 서원이 건립되는 시기는 16세기 중반이다. 그런데 16세기 중반에 이르러 어떤 계기로 사우를 포함한 서원 건립이 본격적으로 시작되어 폭발적인 증가세를 보여주었고, 사회적으로는 왜 서원의 건립이 그토록 강하게 요청되었을까? 이러한 물음에 대해서는 크게 다음과 같은 몇 가지 방향에서 그 답을 찾을 수 있다.

관학의 쇠퇴와 서원

먼저 사회·역사적 배경에서 가장 주목되는 것은 무엇보다 관학의 쇠퇴이다. 교육의 중심 역할을 담당하던 관학의 쇠퇴가 자연스럽게 사학의 증가를 가져온 것이다. 왜 관학이 쇠퇴하게 되었는가라는 물음에 대해서는 여러 가지 답을 찾을 수 있겠지만, 관학의 쇠퇴가 결국 사학 기관인 서원 건립의 주요한 원인이 되었다는 것에 대해 물론 중종 이전에 이미 최대 13개의 서원이 건립되었다고 주장하는 학자도 있다. 예를 들면 원나라로부터 목화씨앗을 들여온 문익점文益漸(三憂堂, 1329~1398)을 제향한 '도사道祠'가 바로 그와 같은 경우에 해당한다. 이 사우는 문익점이 사망한 후 3년 만에, 곧 우리나라 최초의 서원으로 알려져 있는 백운동 서원이 세워지기 142년 전인 1401년에 건립되었다. 그리고 1554년에 이 도사는 다시 도천서원으로 사액되었다. 이밖에도 『신증동국여지승람』에 따르면 충청도 진천에는 김유신의 사우가 이미 신라시대에 건립되어 조선시대까지 제향되었고, 고려시대에는 안동에 삼공신묘가 세워졌다. 이러한 예에서도 확인되듯, 백운동서원(소수서원) 이전에도 특정 인물의 정치·사회적 공적을 기념하기 위한 제향공간으로서의 사우는 소수이긴 하지만 이미 존재하고 있었던 것으로 이해할 수 있다.

대부분의 학자들은 동의한다. 성균관과 향교로 대표되는 조선의 관학은 본래 관리 양성과 성리학의 보급을 목표로 하였고, 또한 일정부분 그러한 목표의 달성에 기여하였다. 하지만 세종대를 기점으로 점차 쇠퇴하기 시작하였는데, 그것은 당시 정권의 중심이었던 관학파의 변질과 무관하지 않다.

　대체로 조선 중기 이후 성리학의 발전에서 나타나는 특징 중의 하나는 권도權道의 위험성을 경계하는 측면이

산청 도천서원

강하게 나타나고 있지만, 조선 초기 특히 조선의 건국을 추진하였던 인물들과 그 후계자들을 중심으로 한 관학파의 학자들에게 있어서 권도의 적극적인 수용은 일반적인 경향이었다. 권도란 처한 조건에 따라 행위의 형식이나 강약을 조절하는 일종의 융통성의 발휘를 가리킨다. 이점은 당시의 성리학이 인간과 우주의 문제를 리理와 기氣로 설명하는 이론적인 경향보다는, 새로운 나라를 세운 건국의 주체답게 정치질서의 변혁을 위한 실천적이고 경세적인 측면을 더욱 강조했기 때문일 것이다. 그리고 이러한 관학파의 정치적인 성격만큼 건국 과정이나 건국 초기에는 융통성이나 창조성을 발휘할 수 있는 여권權은 본래 저울추를 가리키는 말이다. 막대저울의 경우 물건의 무게에 따라 저울추가 좌우로 움직이며 막대의 수평을 유지할 때 물건의 무게를 잴 수 있게 된다. 물건의 무게에 따라 좌우로 저울추가 움직여 막대의 수평을 찾는 것, 이것은 구체적인 각기 다른 상황에 맞게 행위의 형식을 달리함으로써 적절함을 찾는 것과 같다고 이해되었다. 따라서 권도는 곧 구체적인 상황에 맞춰 적절하게 융통성이나 창조성을 발휘하는 것을 뜻한다. 권과 의미에 있어서 반대가 되는 말은 경經으로, 권이 변變의 의미라면 이것은 상常의 의미이다.

지가 상대적으로 크게 허용되었던 것으로 이해할 수 있을 것이다.

하지만 태종대에 이르게 되면 전제왕권이 점차 확고하게 자리 잡으면서 정치적인 안정과 함께 관료들에게는 권도, 곧 특정 상황에 맞춘 융통성이나 창조성의 발휘보다는 강력하고 절대적인 왕권에 대한 순응이 보다 강하게 요구되기 시작하였다. 그 이전 시기처럼 세상을 개혁하고자 하는 이상과 관료들의 적극적인 개혁의 참여를 이제는 더 이상 필요로 하지 않게 되었던 것이다. 일반 백성에 대한 지식인의 사회적 책임은 여전히 강조되었지만, 강력해진 전제왕권 아래에서 지식인의 역할은 어쩔 수 없이 축소될 수밖에 없는 모순적인 상황 속에서 관료들의 이념적 창조력은 점차 이완되고 변질될 수밖에 없었다고 이해할 수 있을 것이다.

이와 같이 관학파는 당시의 지식인으로 이중적인 모습을 보여주었고, 그들의 학문은 왕권을 찬양하고 관료들의 치적을 칭송하는 시문과 외교문서 등의 작성에 치중하는 사장학 방향으로 나아갈 수밖에 없었다. 이것은 여말 선초의 현실 비판적인 지식인의 모습에서 시대의 변화에 따라 그 이념적 토대가 허물어지고 정신적인 긴장감이 이완되어 가는 과정을 잘 보여주는 것이기도 하다. 건국초기 신흥사대부들의 열정적인 새로운 국가 이념과 질서에 대한 추구가 이들에 이르러 마침내 퇴조하기 시작한 것이다. 그리고 이러한 측면에서 본다면 관학파는 성리학적 이념이나 지향으로부터 이미 일정부분 멀어져 간 정치세력이었다고 이해할 수도 있을 것이다.

이러한 관학파의 이념적 퇴조는 한편으로 뒤에 사림파가 중앙정계로 진출하면서 그들의 활동과 지향에 명분을 제공하는 것이기도 하였고, 또 다른 한편으로는 수양대군이 왕위를 찬탈한 계유정난(1453년 10월)이 발생하는 역사적 배경으로 작용하였다. 무엇보다도 관학파의 이념적 퇴조는 관학 자체의 쇠퇴를 불러온 근원적인 요인이었다고 말할 수 있을 것이다. 조선초기의 역사적 전개과정에서 관학파의 이념적 퇴조와 수양대군의 왕위찬탈, 그리고 성종 즉위 이후 중앙정계에 사림파 세력의 형성과 사화의 발생은 서로 인과관계를 형성하며 중요한 고비를 형성한 사건으로, 결국 사학교육기관인 서원의 등장과도 서로 맥이 연결되고 있는 것이다.

주세붕과 서원

보다 직접적으로는 우리나라 최초의 서원을 세운 주세붕의 문제의식으로부터도 서원 건립의 배경을 이해할 수 있다. 1495년에 태어나 1554년에 사망한 주세붕의 일생은 무오사화(1498년)와 갑자사화(1504년), 기묘사화(1519년), 을사사화(1545년) 등 4대 사화기와 거의 일치한다. 그 만큼 사화는 주세붕의 삶과 분리되어 이해할 수 없으며, 그 삶의 방향을 결정하는 주요한 요소로 작용하였을 것으로 짐작된다. 그런데 이런 사화는 왜 일어나게 되었을까? 이 물음에 대한 대략적인 답은 다음과 같은 사실을 확인하는 것에서 찾을 수 있다.

조선의 건국이후 태종으로부터 세조 때까지 본격적으로 정비되기 시작한 조선의 국가체제는 성종 때에 이르러 대체로 완성단계에 접어들었다. 하지만 다른 한편으로 조선건국으로부터 성종이 즉위할 때까지 약 70여년동안 왕자의 난이나 계유정난 등 몇 차례의 정치적 격변기를 겪으면서 수많은 공신이 양산되었고, 권력은 지나치게 공신 곧 훈구세력 한쪽에 집중되어 있었다. 특히 훈구세력은 세조가 사망한 이후 뒤를 이은 예종 대와 성종

초년 세조의 비妃인 정희왕후貞憙王后의 수렴청정기간 동안 남이南怡, 구성군龜城君 등 반대파를 제거하고 정치 권력을 더욱 공고히 하였다. 그러나 이들에게 권력이 집중되면서 다양한 정치·사회적 부패상을 드러내었을 뿐만 아니라, 성종이 즉위하였을 즈음 이들 훈구세력은 왕권을 행사하는데 방해가 될 만큼 큰 세력을 형성하게 되었다.

1469년 13세의 어린 나이에 왕위에 오른 뒤 7년 만인 1476년(성종 7) 친정親政을 시작하게 된 성종은 이러한 훈구세력을 견제하고 왕권을 강화하기 위해 제3의 세력인 사림세력을 적극적으로 등용하였다. 이것은 훈구세력을 견제하고 왕권을 확보하기 위한 성종의 방법이었다. 이러한 배경 속에서 김종직과 그의 문인을 중심으로 하는 사림파는 성종 때부터 주로 사간원·사헌부·홍문관 등에 진출하여 언론과 문필을 담당하였고, 유자광·이극돈·윤필상 등 집권 훈구세력에 대해 적극 비판하면서, 자신들의 입지와 함께 왕권의 확립에 일조하였다. 하지만 인간사 어디에서나 이해득실의 문제가 늘 분쟁의 불씨가 되듯, 사림과 훈구세력 그리고 왕권의 상호견제는 성종 재위 기간에는 그래도 나름의 균형을 유지하면서 극단적인 상황을 초래하지는 않았지만, 성종의 사망과 함께 연산군의 즉위를 계기로 모든 것은 급변하게 되었다.

훈구파와 사림파라는 서로 견제하는 두 세력의 신권臣權과, 이 두 세력의 상호견제를 유도하며 권력을 강화하

김종직의 「조의제문」을 사초에 실어 무오사화의 계기를 제공한
김일손을 제향하고 있는 함양 청계서원

고자 했던 왕권王權의 삼각관계가 만들어 온 성종 대의
권력 균형은 연산군의 즉위와 함께 마침내 무너지고 말
았다. 그러한 균형이 철저하게 무너졌음을 보여준 사건
이 다름 아닌 무오·갑자·기묘·을사의 4대 사화인 것이
다. 그리고 이렇듯 비극적인 사건이 연이어 등장하는 암
울한 시대를 살아갈 수밖에 없었던 당시의 인물들 가운
데 조금이라도 식견이 있는 사람이라면 왜 이러한 비극
적인 사건이 연이어 일어날 수밖에 없었는지에 대한 반
성은 자연스러운 반응이라고 생각된다.

　이러한 인물들의 반성을 통해 몇 가지 길이 제시되었

농암각자聾巖刻字

는데, 첫째는 성리학적 윤리규범을 정치적으로 실현하기
위해 사림파가 경주하였던 노력을 접고 자연을 주제로
하는 문학으로 그 관심의 초점을 옮기는 모습이고, 둘째
는 성리학적 윤리규범의 형이상학적 근거를 캐물어감으
로써 성리학에 대한 심화된 이해에 한 걸음 더 접근하는
모습이며, 셋째는 성리학적 윤리규범의 사회적 실천과
보급에 관심을 기울이는 모습이다. 첫 번째 지향을 보여
준 사화기의 대표적 인물이 이현보李賢輔(聾巖, 1467~
1555)라면, 둘째는 이언적李彦迪(晦齋, 1491~1553)이고,
주세붕은 이 중에서 세 번째 지향을 보여준 인물이라고
할 수 있다.

　주세붕의 서원 건립운동은 사화기에 대한 반성의 결과

이언적을 제향하는 옥산서원

인 동시에 사화의 원인이 사림파가 지향한 성리학적 이
념에 대한 사회적 지지가 충분하지 않았거나, 그 성리학
적 이념에 대한 사회적 이해가 결여되었기 때문이라는
문제의식에서 비롯된 것이다. 이러한 문제의식은 곧바로
서원을 통한 성리학의 사회적 보급과 확산을 위한 노력
으로 이어졌다고 이해할 수 있는 것이다. 즉 공교육이 제
대로 기능하지 못하는 상황에서, 사림의 정신인 성리학
을 실천하며 개혁을 추진하기 위해서는 무엇보다 성리학
적 이념의 보급이 절실하게 요구되었고, 서원과 같은 교
육기관의 설립은 그가 추진해야 할 우선적인 과제라고
생각했을 것이다. 더욱이 수 많은 선비들을 희생시킨 사
화의 원인 중 하나가 사림이 실현하고자 하는 성리학적

이념에 대한 이해부족이라고 생각했다면, 교육을 통한 성리학적 이념의 보급은 그의 당면과제가 되기에 충분했을 것이다.

이러한 설립배경이나 과정을 통해서 확인되는 것은 조선에서 서원의 건립은 관학파나 훈구파가 아닌 성리학적 이념을 지켜낸 사림세력에 의해 주도되었다는 점이다. 사림파는 고려 말의 정몽주로부터 길재와 김숙자를 거쳐 김종직에 이른 후, 본격적으로 중앙정계에 진출하였고, 그 내력에서 짐작되듯 관학파에 비해 상대적으로 성리학의 학문적 이상을 더욱 강하게 추구한 정치세력이었다. 특히 훈구파와의 대립에서 드러나는 사림파의 모습은 정치적인 당파라기보다 성리학적 명분과 원칙을 고수하는 고집스런 학자의 모습을 보여주기도 한다. 여기에서 보자면 서원은 자연스럽게 그들이 지켜낸 성리학적 이념을 추구하거나 반영하면서 성리학과 깊이 연관성을 맺을 수밖에 없었다고 이해할 수 있을 것이다. 그리고 사림이 정권을 장악하고, 성리학에 대해 보다 깊은 이해로 접어든 선조이래 서원의 건립이 기하급수적으로 늘어나는 까닭 역시 여기에서 충분히 확인되는 것이다. 그런데 조선에서 서원이 출현하게 되는 배경에서만 성리학의 영향이 확인되는 것은 아니다. 다음과 같은 서원의 교육목표와 교육내용에서는 더욱 구체적으로 서원이 성리학과 얼마나 연관되어 있는지가 확인된다.

4. 서원에서의 교육

서원이 교육기관이라면 여기에는 당연히 교육하는 자
와 교육 받는 자, 그리고 그 기관을 움직이는 행정인력
이 있게 마련이다. 이들에 대한 이해와 함께 서원에서는
무엇을 목표로 교육하였고, 또 피교육자가 받은 교육내
용은 어떤 것인지도 서원을 이해하는 데 있어서 소홀할
수 없는 중요한 내용이 아닐 수 없다. 오늘날의 학교와
비교해 볼 때, 교육기관으로서의 서원을 유지 관리하는
이들에는 어떤 이들이 있었는지, 먼저 서원의 행정인력
을 포함한 교육하는 자를 살펴보면 대체로 다음과 같다.

서원의 행정인력과 원생

먼저 서원을 대표하는 인물로 원장이 있는데, 지역 유
림이 추앙하는 사람으로 선정되지만, 일반적으로는 퇴임
한 관료 가운데 위촉되는 경우가 많았다. 그 직무는 서
원의 일들을 총괄하여 운영하고 또 서원을 대표하는 것
이었다. 그리고 부원장이라고 할 수 있는 원이장院貳長은
원장을 보좌하고 원장의 유고시에는 원장을 대리하였다.
그런데 이들 원장이나 원이장이 대부분 명예직이었다면,
실질적으로 서원의 교육활동은 주로 강장講長과 훈장訓

長이 담당하였다. 강장이 경학을 강의하였다면, 훈장은 주로 원생들의 훈도를 맡았다. 이밖에 원생들이 생활하는 동재와 서재에는 각각 재장齋長이 있어서 생활지도와 함께 사무를 처리하였으며, 집강執綱은 서원의 기강을 바로 잡는 역할을 수행하였다. 그리고 도유사都有司는 서원 내외의 모든 실무를 감독하였고, 부유사副有司는 도유사를 보좌하여 일을 처리하였다. 직월直月은 오늘날의 간사와 같은 직책으로 사무를 집행하는 실무를 맡았고, 직일直日은 직월을 보좌하였다. 또한 서원의 대소사를 평의하는 장의掌議와 원생 대표인 색장色掌이 있었다.

원생의 입학자격은 기본적으로 초시합격자를 기준으로 하고 있었지만 이러한 기준이 엄격하게 적용된 것으로 보이지는 않는다. 이것은 신분 역시 마찬가지인데, 서원은 기본적으로 양반의 자제뿐만 아니라 양민까지도 입학하는데 사실상 아무런 제약이 없었다. 대부분의 서원은 학문에 뜻을 두고 있는 사람이라면 큰 제약 없이 원생이 될 수 있었던 것이다. 반면에 입학인원은 제한되어 있어서 규모가 큰 사액서원도 원생의 정원은 최대 20인이었고, 대부분은 10~15인 내외에 불과하였다. 후대로 내려오면서 서원이 늘어나면서 유력한 세력과 연계하지 못한 서원은 입학정원을 채우지 못하거나 원생을 전혀 모집하지 못하기도 하는데, 이것은 오늘날 일부 대학이 처하고 있는 상황과 비슷한 모습이다.

교육의 목표

그리고 이들 원생에 대한 서원의 교육목표는 주세붕이 백운동서원을 세우면서 천명한 "사당을 세움으로써 덕을 숭상하고, 서원을 세움으로써 학문을 두텁게 한다[立廟以尚德, 立院以敦學]"라는 말에 이미 온전하게 함축되어 있다. '사당'과 '서원'이 연결되어 있듯, 배움은 덕과 분리될 수 없었다. 기존의 관학이 과거시험을 목표로 교육하였다면, 서원의 가장 큰 차별성은 바로 덕과 분리되지 않는 배움을 강조한 데 있고, 그것은 바로 '성현을 본받는 것[法聖賢]'을 통해서 이루어졌던 것이다. 그래서 향교가 성읍의 중심지에 세워졌다면, 서원은 대부분 번잡한 성읍을 벗어나 덕을 닦기에 적당한 곳에 자리 잡았다.

그렇다고 해서 현실적으로 서원이 과거시험과 무관하거나 그것을 도외시 한 것으로 보이지는 않는다. 일부 서원의 원규에서는 과거시험을 위한 교육을 금지하거나 배제한 경우도 있지만, 대부분의 서원에서 과거에 대해 부정적인 태도를 취하지는 않았다. 이러한 측면에서 성균관이나 향교의 관학에 비해 과거시험의 비중이 약화된 것은 사실이지만 관리양성 역시 서원의 중요한 교육목표 중 하나로 보아야 할 것이다.

교육의 과정과 방법

이러한 교육목표를 달성하기 위해 대부분의 서원에서

는『소학小學』과 사서四書, 오경五經을 공통의 필수과목
으로 채택하였고, 그 외에『가례家禮』,『심경心經』,『근사
록近思錄』등 여러 성리학 서적과 역사서 등을 교재로 사
용하였다. 이러한 과정은 아무래도 주희의 영향을 크게
받았다고 생각되는데, 그는 서원에서 학생들을 가르치면
서 필독서와 함께 그 독서 순서를 제시하였다. 주희는 사
서 가운데 가장 먼저 읽어야 하는 책은『대학大學』이고
이어서『논어論語』를 읽은 후에『맹자孟子』와『중용中庸』을
읽을 것을 권장하였다. 그리고 이렇게 사서를 모두 읽고
이해한 후에는 다시 오경을 읽도록 하였다. 가장 핵심적
인 서적들은 바로 사서였던 것이다.

그리고 서원의 교육은 주로 원생들이 스스로 경전을
읽고 깨우치는 것이 주가 되었는데, 그런 까닭에 앞에서
제시한 것과 같은 독서의 순서가 중시되었던 것이다. 그
렇다고 강의가 없었던 것은 아니어서, 강의에는 매일 실
시하는 석강席講과 보름마다 혹은 매월 실시하는 월강月
講 등이 있었다. 이러한 강의를 들은 후 구의口義라는 일
종의 구술시험을 통해 이해정도를 평가받았는데, 그 평
가는 일반적으로 통通·약통略通·조통粗通·불통不通의 4
등급으로 구분되었다.

특히 원생들은 서원에 함께 거주하였기 때문에 학습이
외에, 생활지도에 있어서도 엄격한 규율이 시행되었다.
현재 전해지고 있는 서원의 학규 가운데 가장 오래된 것

은 주희가 제정한 「백록동서원학규」이다. 1179년에 주희
는 백록동서원을 중건하면서 이 학규를 제정하였는데,
교육과정과 교육방법뿐만 아니라 일상생활의 행위규범
까지 망라한 가장 온전한 형태의 성리학적 교육강령을
제시하고 있어서 후대의 서원학규 제정에 큰 영향을 끼
친 것이기도 하다.

　우리나라에서는 1582년 왕명에 의해 이이李珥(栗谷,
1536~1584)가 지은 「학교모범學校模範」에서는 검신檢身·
입지立志·독서讀書·신언愼言·존심存心·사친事親·사사事
師·택우擇友·거가居家·접인接人·응거應擧·수의守義·상
충尙忠·독경篤敬·거학居學·독법讀法 등과 같은 16개 조
목에 달하는 교육을 위한 규율을 확인할 수 있는데, 서
원에서도 이와 유사한 형태의 규율이 시행된 것으로 보
인다. 그리고 이러한 서원의 교육목표와 교육내용 등에
서도 서원이 얼마나 성리학적 이념과 깊이 관련되어 있
는지가 분명하게 확인되고 있다.

5. 서원의 공간 구성

그렇다면 서원을 구성하고 있는 공간, 혹은 건축 평면
에서는 이러한 성리학과의 관련성을 찾을 수는 없는 것
일까? 몇몇 건축학적 입장에서 서원에 접근한 학자들은
서원을 그 평면구조를 통해 서원의 중심 건물이 어디인
가에 따라 강당중심형 서원과 사당중심형 서원으로 분류
하기도 하였다. 그리고 이러한 분류를 통해 서원의 기능
적 차이를 설명하였다. 이러한 시각 자체가 잘못되었다
고 말할 수는 없지만, 단순히 건축적인 평면 구성만 주
목할 경우 서원과 성리학의 밀접한 관련성이 그 만큼 간
과됨으로써 작은 기능적 차이가 지나치게 과장되는 것은
문제로 지적하지 않을 수 없다. 그렇다면 서원이 보여주
고 있는 건축적 특징 혹은 평면 구성을 성리학과의 관련
성을 통해 그 의미를 구성해 낼 수는 없을까? 먼저 서원
이 어떠한 공간으로 구성되어 있는지부터 살펴보자.

초기에 건립된 백운동서원(소수서원)의 경우에는 서원
이 보여주고 있는 일정한 틀을 보여주지는 않는다. 하지
만 그 뒤를 이어 등장하는 남계서원과 같은 경우에는 이
미 전형적인 조선시대 서원의 평면구성을 보여주고 있
다. 불교 사찰이 나름의 일정한 통일성을 가지듯, 서원

역시 전형적인 공간 구성을 보여주는데, 여기에서 성리학과의 관련성이 읽혀지는 것이다. 그렇다면 서원의 공간은 어떻게 구성되어 있을까? 일반적으로 서원은 크게 진입공간, 강학공간, 제향공간으로 구분된다. 이들 공간이 보여주는 특징과 구성요소를 살펴보면 다음과 같다.

진입공간

서원으로 들어가며 통과하게 되는 공간으로 홍살문, 하마비, 외삼문이나 누문 등으로 구성되어 있다.

① 홍살문 : 상대적으로 규모가 큰 서원에 세워져 있는 상징적인 문으로, 서원으로 들어가는 길의 양쪽에 기둥을 세운 후 이 두 기둥을 연결하는 부재를 걸친 다음, 그 위에 나무살을 박아 넣은 나무문이다. 붉은 칠을 하고 일정한 간격으로 나무살을 박아 놓고 있기 때문에 홍살문이라고 부르며, 홍전문紅箭門이나 홍문紅門이라 부르기도 한다.

② 하마비下馬碑 : 신분에 상관없이 누구든 말이나 가마에서 내려야 한다는 뜻으로 세운 비석이다. 일반적으로 홍살문 주변에 세워져 있으며, 하마석下馬石이라 부르기도 한다.

③ 외삼문外三門 : 서원의 정문으로 3개의 문으로 구성되어 있고 외부에서 서원 안으로 들어가는 문이기 때문에 외삼문이라 부른다. 좌우의 문보다 가운데 문의

남계서원의 홍살문(상)
외삼문(하)

남계서원의 누각 풍영루

지붕이 높은 솟을삼문인 경우와 3개의 문이 하나의 용마루로 이어진 평삼문인 경우가 있다. 이밖에 남계서원과 같이 2층 누각을 세우고 그 아래층인 1층에 3개의 문을 달아 외문을 겸한 경우도 있다.

④ 누樓 : 2층의 다락 건물로 외삼문을 겸한 누문 형식으로 세워진 것도 있고, 외삼문과 강당 사이에 독립 건물로 세워져 있는 경우도 있다. 원생이나 지역의 유림이 회합을 하거나 시회를 여는 장소로 사용되기도 하였다.

강학공간

원생들이 기숙하며 강학이 이루어진 공간으로 강당과 재사 등으로 구성되어 있다.

① 강당 : 강학이 이루어지는 서원의 중심건물이다. 일반적으로 중앙에 대청을 두고 그 한쪽이나 양쪽에 협실인 온돌방이 위치해 있으며, 보통은 그 협실에 원장과 원이院貳(부원장)가 기거하였다.

② 재사 : 원생들이 기거하던 건물로, 보통은 동재와 서재의 두 건물로 강당의 앞마당이나 뒷마당에 서로 마주보며 위치해 있다. 일반적으로 온돌방과 마루로 구성되어 있다.

서계서원 강당(상)
덕천서원 수업재-재사(하)

덕천서원 내삼문-신문

제향공간

제향을 행하는 공간으로 선현의 위패를 모신 사당과
전사청 등으로 구성된다. 일반적으로 강학공간 뒤편에
상대적으로 높은 곳에 위치해 있다.

① 신문神門 : 제향공간으로 진입하는 사당의 정문으
로 서원의 정문인 외문에 대해 내문 혹은 내삼문이라
부르기도 한다.

② 사당 : 제향공간의 중심 건물로 선현의 위패가 모
셔져 있고, 봄과 가을에 제향이 이루어지는 곳이다.

③ 전사청 : 제사에 필요한 물건을 보관하고, 제수를
마련하는 곳이다. 보통은 사당과 인접해 있지만, 제향

덕천서원 사당(상)
예연서원 전사청(하)

서원으로 남명학파를 보다

공간 밖 별도의 영역에 위치해 있는 경우도 있다.

④ 생단牲壇 : 제향에 쓸 희생을 검사하는 단으로 성생단省牲壇이라고도 부른다.

⑤ 망례위望瘞位, 망료위望燎位 : 제향이 끝난 후 축문을 불사르거나 묻는 곳이다. 일반적으로 사당의 오른쪽 옆에 마련되어 있다.

⑥ 관세위盥洗位 : 제향하기 전 헌관이 손을 씻기 위해 대야를 올려놓는 곳이다. 일반적으로 사당의 왼쪽 앞에 위치해 있다.

기타 공간

기타 서원의 건물이나 구조물은 다음과 같다.

① 장서각藏書閣, 장판각藏板閣 : 강학에 필요한 서적과 서적의 목판을 보관하는 건물이다. 일반적으로 마루로 된 구조이고, 환기구나 살창이 설치되어 있다.

② 정료대庭燎臺, 요거석燎炬石, 불우리 : 밤에 불을 밝히기 위한 돌로 만든 구조물이다. 강당이나 사당 앞에 마련되어 있다.

③ 고직사 : 서원의 관리인이 거주하는 공간이다. 제향에 필요한 제수를 준비하거나, 원생들의 식사를 마련하는 곳으로, 서원의 강학공간 밖의 좌측이나 우측에 위치해 있다.

옥산서원 장판각

성리학과 서원건축

그런데 이렇듯 진입공간, 강학공간, 제향공간을 중심
축으로 하는 서원건축에서도 성리학과의 관련성을 다양
한 측면에서 읽어낼 수 있는데, 그 중에서도 가장 주목
되는 것은 서원 건축이 보여주는 배치 구도에 있어서의
질서 혹은 정연성, 그리고 구조와 의장에 있어서의 절제
미 혹은 검소성이다. 서원 건축은 다른 일반적인 건축과
달리 정연한 구도를 가지고 있으며, 대부분의 서원은 전
후와 좌우로 대칭되는 축선 구도를 통해 일정한 질서를
표현하고 있는 것이다. 봄이 가면 여름이 오고, 그러한
순환의 과정을 통해서 곡식은 여물어 가며, 그 속에서 세

상의 모든 생명체가 성장해 간다는 시각에는 이미 세상을 질서정연하게 움직이도록 하는 하나의 원리가 전제되어 있는데 이것이 바로 성리학에서 말하는 리理 혹은 천리天理이다. 그리고 서원에서의 공부가 궁극적으로는 바로 이 원리에 대한 인식을 지향하는 것이라면, 서원의 건축 역시 자연스럽게 그 질서정연함을 표현하지 않을 수가 없는 것이다.

뿐만 아니라 서원건축은 다른 종교적 건축물과 달리 거대한 규모로 그 앞에 선 인간을 주눅들게 만들거나, 화려한 장식을 통해 절로 감탄하게 만들지도 않는다. 오히려 절제된 단순성을 통해 성리학의 원리가 복잡한 것이 아니라는 점, 성리학이 지향하고 있는 진리가 꾸며진 것일 수 없으며, 일상으로부터 멀리 떨어져 있는 것 역시 아니라는 것을 보여주려 애쓴다. 그만큼 서원건축은 성리학이 일상과 분리되지 않는 실천적인 학문이라는 점역시 부각해서 보여주고 있는 것이다.

6. 서원의 외연

앞에서 우리는 성리학과의 관련성 속에서 서원의 여러 측면들을 살펴보았다. 장황한 이야기가 되어 버렸지만, 몇 가지 측면에서 서원이 성리학과 깊이 관련 맺고 있음을 강조한 까닭은 우리나라의 서원 관련 연구가 주로 건축학이나 역사학에서 진행되다 보니, 서원과 성리학의 관련성이 일정부분 간과되어 왔다는 점을 지적하기 위해서다. 앞에서 살펴본 것처럼 서원은 중국이나 조선에서 성리학과 불가분의 관계를 형성하며 전개해 왔다. 그래서 비록 고려 말 성리학의 도입과 동시에 우리나라에서 서원의 역사가 본격적으로 시작되지는 않았지만, 성리학에 대한 이해가 깊어 갈수록 유자의 학문 수련 공간인 서원의 건립 역시 필연적으로 요청되었을 뿐만 아니라, 그렇게 세워진 서원은 성리학자들의 강학처로 기능하며 학파 활동의 중심무대가 될 수밖에 없었던 것이다. 그런데 만약 서원과 성리학의 관계를 충분히 고려하지 않는다면, 결국 서원이 가진 본래 의미는 충분히 드러날 수 없고, 서원에 대한 이해 역시 부족할 수밖에 없는 결과를 낳게 될 것이다.

그리고 이 문제는 직접적으로 서원이 무엇인지, 그리

고 그 외연은 어디까지 인지를 확정하려는 우리의 고민
과 관련되어 있다. 다시 말해서 앞에서 장황하게 서원과
성리학의 관련을 이야기한 것은 그것이 우리가 고민하고
있는 문제를 해결할 수 있는 실마리를 제공하기 때문이
다. 문제는 다름 아닌 유자의 학문 수련공간이자, 강학처
인 서원의 외연이 어디까지 뻗어 있는가 하는 것이다. 그
리고 서원의 외연에서도 가장 논란이 되는 것은 이미 앞
의 [표 1]에서 구분하고 있는, 곧 서원과 사우祠宇의 관
계를 확정하는 것이다. 다시 말해서 서원과 사우를 동일시
할 수 있는가의 문제인데, 이것에 대해 앞에서 이해한 서
원과 성리학의 연관성은 나름 해결의 실마리를 제공한다.

서원과 사우

일반적으로 서원과 사우를 별개의 기관으로 구분하는
시각은 양자 사이에 위상의 차이뿐만 아니라, 서원이 강
학講學과 존현봉사尊賢奉祀라는 두 가지 기능을 동시에
수행한다면, 사우는 존현봉사만을 수행하고 있다는 사실
에 근거한다. 즉 존현봉사, 곧 지역 현인에 대한 제사의
기능만을 수행하는 사우의 경우, 이 존현봉사 외에 강학
을 통해 학생을 교육하는 서원과 구별해야 한다는 것이
다. 사우가 일반적으로 사당을 중심 건물로 하고, 강당이
나 동서재가 생략된 경우라면, 서원은 강당을 중심으로
한 강학공간과 사당을 중심으로 한 제향공간이 동시에

마련되어 있어서 그 규모에 있어서도 분명한 차이를 보여주기 때문이다.

이것은 저절로 고개가 끄덕일 정도로 충분히 설득력을 가진 것으로 보이기는 하지만, 서원과 성리학과의 관련성을 전혀 고려하지 않은 관점이라는 점에서 보자면 올바른 시각이라고 할 수는 없다. 성리학 혹은 성리학적 세계관에서 보자면 교육과 무관한 듯이 보이는 존현봉사, 곧 제사 역시 사실은 살아있는 자의 행위를 규범하기 위한 교육적 기능을 수행하는 것으로 이해할 수 있기 때문이다. 이렇게 이해할 때 서원과 사우의 근원적인 차별성은 성립하지 않게 되는데, 그것은 다음과 같은 사실에서 충분히 확인되는 것이기도 하다.

주돈이周敦頤(濂溪, 1017~1073)와 장재張載(橫渠, 1020~1077), 정호程顥(明道, 1032~1085)·정이程頤(伊川, 1033~1107) 형제 등 북송시대의 여러 학자들에 의해 토대가 갖춰지고, 남송에 이르러 체계화된 성리학은 그 이전 시기, 곧 선진先秦시기의 유학이나 한당漢唐시대의 유학과 분명한 차이점을 보여준다. 그 분명하게 드러나는 차이점 가운데 하나가 바로 제한적인 혹은 소극적인 의미로나마 남아 있던 인격신人格神적인 요소를 일소하고 무신론적 관점을 철저하게 관철시키고 있다는 점이다. 그리고 이 점에서 보자면 성리학은 분명 철저한 무신론적 이론체계이다. 특히 성리학 가운데 중심축을 형성하고 있는, 그리고 조선 혹은 조선의 학술사에 가장 큰 영향을 끼친 주자학의 리기론理氣論적인 세계관에 근거해 본다면, 세계 안에 존재하는 모든 것은 신神의 의지에 따라 생성되고 변화하는 것이 아니다. 세계와 그 안에 존재하고 있는 모든 것의 생성과 변화, 혹은 탄생과 사망은 리理와 기氣라는 두 가지 요소의 결합과 분리에 의해 설명된다. 이러한 관점은 인간에게도 예외없이 적용된다.

그렇기 때문에 이러한 이론체계는 인간의 사후 세계에 대한 어떤 형태의 종교적인 신앙이나 믿음을 제시할 수 없다. 즉 성리학적 세계관 속에서 보자면 인간 사후에 불멸하는 영혼이 있다거나, 세계와 그 안에 존재하는 모든 것을 어떤 인격적인 신, 혹은 초월적인 어떤 존재가 주재한다고 생각하지 않는다. 그러므로 엄밀한 의미에서 보자면, 성리학의 세계에는 세상을 지배하는 신이나 영원불멸하는 영혼이나 귀신 등 인간이 경배하거나 제사해야 할 대상 자체가 사실상 존재하지 않는 것이다.

제향祭享과 서원

그런데 놀라운 것은 이러한 세계관을 전제하고 있음에도 불구하고 서원이나 사우에서 특정인물에 대해 제사를 지낸다. 뿐만 아니라 일반 가정에서도 죽은 자 혹은 조상에 대한 제사를 거를 수 없으며, 그것은 후손의 기본적인 의무로 강조되었다. 이것은 얼핏 보기에도 자기모

순처럼 느껴진다. 하지만 또 다른 측면에서 제사는 이해
될 수 있다. 즉 절대적인 신이나 불멸하는 영혼을 경배
하거나 위로하기 위한 의식이 아니라, 죽은 자를 기념하
며 그의 덕을 기억하는 것으로 받아들일 수 있는 것이다.
아울러 살아 있는 자에게 죽은 자가 보여준 삶의 태도와
방식 그리고 내용을 닮도록 권고하는 교육적인 목적을
가지는 것으로도 이해할 수 있다.

덕있는 사람은 사후에도 후세 사람들에 의해 기념되고
기억되는 것이니, 너 역시 후세 사람들이 기념할 수 있
는 삶을 살아가라는 메시지가 서원이나 사우에서 행해지
는 제사라는 형식 속에 담겨져 있는 것이다. 지금 이 서
원에서 제사하는 인물처럼 삶을 살아간다면 너 또한 후
세의 사람들이 서원에 제향하며 기념해 줄 것이라는 메
시지는 그 어떤 것보다 삶을 규범하는 교육적 힘을 가질
수 있다. 학문적인 이론을 전수하는 것만이 교육일 수는
없으며, 삶이 닮아야 할 전형을 세우고, 그 삶을 닮기 위
한 노력에서 교육의 근원적인 의미를 찾을 수도 있는 것
이다. 그리고 바로 이러한 측면에서 선현봉사 역시 충분
히 교육적 기능을 가진다고 이야기할 수 있으며, 사우도
서원과 동일한 교육기관이라고 이해할 수 있게 된다.[7]

특히 성리학적 세계관을 전제한 사회에서 교육의 목표
는 결코 오늘날 강조되고 있는 경험적 지식의 확장에 있
지 않았다. 오히려 그 당시는 공부工夫라는 말이 인격 혹

은 도덕수양과 동일시되던 시대였고, 또 당시의 교육은 인간을 짐승으로부터 구분해주는 도덕적 역량의 확장을 근원적인 목표로 설정하고 있었다는 사실에서 제사라는 형식에 담겨져 있는 교육적 의미는 재차 확인된다. 경험적인 지식의 전수만이 교육은 아니라는 뜻이다. 이러한 측면에서 보자면, 서원과 사우 혹은 서원과 서원 사이에 사회적인 혹은 경제적인 측면에 있어서 모종의 위상 차이를 분명히 보여준다 하더라도, 최소한 교육이라는 기능적인 측면에서는 같은 기능을 수행한 동일한 기관으로 분류할 수 있는 것이다.

그리고 정부나 유림의 동의 혹은 참여없이 특정 문중이나 집안 단독으로 세운 사당이나 가묘를 사우와 구분할 수 있는 기준은 공적인 기관인가의 여부, 곧 공공성이다. 앞에서도 살펴봤지만 중국에서 당나라시기에 세워진 정부기구로서의 서원을 제외한 나머지 대부분의 서원은 개인이나 특정 학문 공동체에 의해서 그 건립과 관리가 이루어졌다. 그만큼 서원은 사적인 공간의 특징을 강하게 보여주었던 것이다. 하지만 우리나라의 경우 초창기 서원의 건립은 지방관에 의해 주도되다가 점차 지방관과 지역유림이 공동으로 건립을 추진하는 과도기를 거쳐 최종적으로는 지역 유림으로 그 건립 주체가 이전되었다. 이러한 전통은 조선 후기 실질적으로는 특정 문중이 주도하여 서원을 건립하는 시기가 도래되었을 때에도, 형식적으로나마 그 지역 유림으로부터 건립 명분을 제공받음으로써 최소한의 공공성을 확보하는 기초가 되었다고 생각된다. 그만큼 우리나라 서원 대부분이 건립 과정에서 정부의 직접적인 통제나 지원을 받지는 않았지만, 그럼에도 불구하고 공적인 성격을 강하게 가졌다고 이해할 수 있는 것이다.

서원이란?

이러한 측면에서 보자면 우리의 논의에서 서원이란 비록 사립이긴 하지만, 사우와 함께 그것이 형식적일지라도 공공성을 가진 교육기관을 가리키며, 그 명칭에 있어서는 사우, 정사 등을 포함한다. 하지만 이러한 서원의 범주에 서당이나 정자 등은 포함되지 않는데, 그것은 건립 과정과 건립 후의 관리 등에 있어서 분명한 차이를 보여주기 때문이다. 서당이나 정자와 달리 서원이나 사우의 건립은 그 지역의 유력한 문중이라 하더라도 형식적으로나마 건립의 공적인 명분을 마련해야 했으며, 단순히 경제적인 혹은 정치적인 조건을 충족한다고 해서 서원 현판을 걸 수는 없었다. 이황李滉(退溪, 1501~1570)이 강학하였던 도산서당陶山書堂처럼 훗날 서원의 모태가 된 곳이 있지만, 강학이 이루어졌다고 해서 서당이나 정자를 서원과 동일시 할 수 없는 까닭이 바로 여기에 있다. 서당이나 정자를 세우는데 지역 유림의 지지나 참여

도산서당

가 반드시 필요한 것은 아니며 건립을 위한 공론화 과정
역시 필요없다. 설사 지역 유림이 서당이나 정자를 세우
는데 일정부분 기여하고 참여했다고 하더라도 그것은 대
부분 개인적인 친분에 따른 것일 뿐이다.

특히 산천재山天齋의 경우 남명학파의 중요한 강학처
였다는 사실을 부정하기 어렵지만, 그렇다고 해서 그곳
을 서원의 범주에 포함시킬 수는 없다. 도산서당이 도산
서원陶山書院과 구분되듯, 산천재의 정신을 이어 가까운
곳에 덕천서원德川書院이 건립됨으로써, 산천재는 서원
의 전신이자, 조식曺植(南冥, 1501~1572) 생존 시 강학처
로서의 의미와 가치를 가지는 것으로 이미 충분하기 때

산천재

문이다. 무엇보다 서원이나 사우에 비해 누·정·재 등은
당나라 시대 개인 독서공간으로서의 서원처럼 상대적으
로 공공성이 강조되기 보다는 설립에서 유지 관리에 이
르기까지 사적인 의미를 강하게 가진다는 점에서 양자는
구별된다고 할 수 있다.

7. 성리학 맛보기

앞에서 우리는 성리학과의 관련성 속에서 서원으로 접근해 보았다. 그것으로부터 확인되는 서원은 성리학적 이념의 교육장이자, 성리학적 이념을 실현하는 출발점이었다. 아울러 앞의 논의를 통해서 왜 조선 중기에 이르러 서원이라는 새로운 형태의 교육기관이 등장할 수밖에 없었는지, 그리고 서원은 궁극적으로 무엇을 지향하였는지, 서원 건축물의 대부분은 왜 그다지도 소박한 모습을 하고 있는지 등을 성리학과의 관련성 속에서 이해할 수 있었다.

그런데 여기에서 만약 성리학이 무엇인지 설명하지 않는다면, 그것이 비록 우리 논의의 주제로부터 일정부분 벗어난 것이라 하더라도 책임을 다 했다고 할 수는 없을 것 같다. 이것이 남명학파의 서원이라는 논의의 주제로부터 일정부분 벗어났다고 생각되는 독자라면 이 장은 건너뛰고 다음 장으로 넘어가면 될 것이다. 다만 앞에서 그토록 강조했던 성리학이 도대체 어떤 학문이고, 또 다음 장에서 논하게 될 남명학파가 어떤 성격의 학파인지에 대해 최소한 맛이라도 보고 싶은 독자라면 이 장의 내용도 그리 주제와 무관한 논의가 아니라는 것을 읽으면서 느낄 수도 있을 것이다.

현대인에게 있어서 성리학은?

우선 성리학이란 명칭이 어디에서 유래했는지부터 보자. 우리가 흔히 말하는 성리학은 '성명과 의리에 관한 학문[性命義理之學]'에서 성性과 리理자를 따온 말이다. 그 명칭에서 드러나듯, 성과 리 혹은 인간 본성과 관련된 성명性命과 도덕과 관련된 의리義理는 성리학의 주요한 개념이며, 성리학이 무엇을 지향하는 학문인지를 분명하게 보여준다. 즉 성리학 혹은 성리학자들에게 있어서 궁극적인 관심이나 지향은 도덕과 그 도덕의 내적이자 초월적 근거라고 할 수 있는 인간의 본성을 벗어나지 않았던 것이다.

그런데 이러한 성리학 역시 유학 혹은 유교의 한 갈래일 뿐이다. 그러므로 성리학이 전체 유학 안에서 어느 위치에 있는지를 이해할 때, 성리학이 무엇을 지향하고 있는지에 대한 정확한 이해에 도달할 수 있다면, 넓은 의미의 유학에서 우리의 이야기를 시작해볼 필요가 있다고 생각된다. 하지만 본격적인 이야기를 시작하기에 앞서 우리가 여기에서 논하고자 하는 유학의 외연을 분명히 하는 것이 우선일 것 같다. 『동양과 서양, 두 지평선의 융합』이라는 책에서 이광세교수는 오늘날 유교적 전통이란 최소한 세 가지를 의미한다고 지적하며, 철학사상으로서의 유교, 왕조 정치 체제를 뒷받침한 이데올로기로서의 유교, 문화적 전통으로서의 유교를 구분하고 있다.[8] 사실 유학을 전문적으로 연구하는 사람에게 유학은 당연히 하나의 철학적인 학술이론이나 사상체계이지만, 그 밖의 일반인에게 있어서 유학은 학술이론이나 사상체계로 이해되기 보다는 때로 과거, 더욱 구체적으로는 유학이 지배하던 시대로부터 전승된 전통문화나 당시의 정치적 이데올로기로 이해되는 경우가 더 많다는 점은 분명 부정하기 어려운 사실이라고 생각된다.

이러한 시각에 근거해 본다면, 현대인에게 있어서 유학 혹은 유교는 흔히 세 방면에서 이해된다. 첫째는 철학 혹은 사상의 측면이고, 둘째는 정치적 이데올로기의 측면이며, 셋째는 전통문화의 측면이다. 이 세 가지 가운데 어떤 측면에서 유학을 바라보는가에 따라 유학의 색깔이나 모습은 달라지며 그 현재적 가치나 의미 역시 다른 모습으로 등장할 수밖에 없다. 그렇지만 정치적 이데올로기로서의 유학은 중국의 경우 한나라 시대에 와서 뚜렷하게 드러나기 시작하였고, 우리나라의 경우에는 조선시대에 이르러 절대적인 지배력을 행사하였지만, 현대에 이르러서는 더 이상 작용하지 않는 과거의 유물로 보는 것이 타당할 것이다. 여기에 더하여 전통문화로서의 유학 역시 현재까지 여전히 일상생활 속에 일정부분 잔재되어 영향력을 행사하고는 있지만, 사회적 변화와 함께 더 이상 적극적인 가치와 의의를 가진다고 보기는 어려워져 버렸다.

특히 정치적 이데올로기 혹은 전통문화로서의 유학은 철학사상으로서의 유학에 비해 그 내용에 있어서 상대적으로 더욱 유학의 본래 모습으로부터 벗어나 왜곡된 것이기도 하다. 정치적 이데올로기로서의 유학은 특정 정치체제나 세력의 필요에 의해 유학의 정신이 편향적으로 그려졌고, 전통문화로서의 유학 역시 다른 다양한 문화적 요소들 간의 상호 교류와 간섭에 의해 유학의 정신과 아무 상관없는 요소들이 침투해 들어온 경우가 많기 때문이다. 이런 의미에서 그나마 상대적으로 덜 왜곡된 철학 혹은 사상 분야로 유학을 한정하여 우리의 논의를 진행하는 것이 바람직하다는 사실이 확인된다. 다시 말해서 여기 우리의 논의에서 유학은 정치적 이데올로기나 전통문화의 의미가 아닌 철학사상으로서의 유학을 가리킨다.

그런데 이렇게 논의의 중심을 철학사상으로서의 유학에 한정해 놓으면, 보통 사람들은 당연히 그것은 전문적인 연구자들이나 접근하는 어려운 영역이려니 생각해 버리고, 이해하려는 노력을 쉽게 포기해 버린다. 현대를 살아가는 사람들에게 그것은 더욱 뚜렷해서 유학이니 성리학이니 하는 학문들이 도대체 지금에 이르러서도 어떤 의미와 가치를 가지는지 되묻는다. 심지어 인문학을 전공한 일부 학자들도 시대에 뒤떨어진 유학에 아직도 관심을 기울이냐는 투의 반응을 보이기도 한다. 그렇지만 유학이나 성리학은 보통 사람들이 이해할 필요가 없는 것이라는 생각이나, 시대에 뒤떨어져서 더 이상 아무런 의미나 가치도 없다는 시각 모두 적절한 것은 아니다.

잊지 말아야 할 것은 다른 모든 학문과 마찬가지로, 철학이나 사상 역시 인간이 특정한 환경 속에 처해 생존하는 과정에서 생성된 필연적인 반응 가운데 하나라는 사실이다. 인간의 생존에 필요한 것은 단순히 생물학적인 혹은 물리적인 여러 조건에 한정되지 않는다. 인간의 생존 과정은 그보다 더 깊은 인간 활동의 내적 토대에 기초해 있다. 그것이 인간에 대한 혹은 세계에 대한 개인의 태도를 담보하게 된다. 인간과 세계에 대한 이해가 인간과 세계에 대한 태도를 결정하기 때문이다. 이런 측면에서 보자면, 아무리 복잡한 철학체계라 하더라도 근원적으로는 인간, 그리고 그 인간이 살아가는 환경인 사회·세계 혹은 우주가 무엇인지 묻고 그 나름의 답을 제시하고 있을 뿐이다. 세계와 그 안에 살고 있는 인간이 그렇게 모종의 형태로 규정될 때, 그곳으로부터 인간인 나는 무엇을 할 수 있고, 또 무엇을 해야 하는지가 분명하게 떠오르게 되는 것이다.

이렇듯 인간과 세계를 바라보는 다양한 시각들이 있고, 유학 혹은 성리학은 그 가운데 하나의 이론체계이다.

과거의 선비들에게 이것은 절대적인 진리로 받아들여져 부정될 수 없었지만, 현재의 우리들에게 그것이 절대적인 진리로 받아들여지지 않는다고 해서 무의미한 것으로 치부될 수는 없다. 그것은 여전히 우리 자신을 돌아보는 거울의 역할을 하기에 충분하기 때문이다. 그리고 이러한 역할에 대해 이해할 수 있을 때 그 이론의 복잡함도, 이해하기 어려움도 더 이상 문제가 되지 않는다. 또한 바로 그 역할 속에서 그것이 시대에 뒤떨어진다는 비판 역시 하나의 편견에 불과하다는 사실도 충분히 드러나게 된다. 이와 같은 점들을 전제하면서 이제 논의의 중심으로 한 걸음 더 접근해 보자.

유학의 강령

흔히 유학의 비조鼻祖는 공자孔子(BC 551~BC 479)라고 이해되어 왔는데, 그것은 나름의 근거를 가지고 있다. 유학과 다른 학문, 혹은 유학과 다른 학파를 구분하는 근원적인 기준이 바로 공자에 의해 제시되었기 때문이다. 그리고 바로 공자에 의해서 제시된 유학의 특징, 곧 다른 학파로부터 유학을 구분시켜주는 근원적인 기준이란 다름 아닌 '수기修己'와 '안인安人'이라는 두 가지 지향의 통일이다. '수기와 안인'은 내적으로 자신의 인격을 완성하기 위한 주관적 실천을 함과 동시에, 외적으로 타인을 위한 사회적 실천을 병행하는 것을 가리킨다. 달리 '수기'

가 인간에 대한 관심이라면, '안인'은 제도에 대한 관심이라고 말할 수도 있을 것이다. 사람다운 사람으로 살아가기 위해서는, 혹은 사람과 사람이 결합하여 구성된 사회가 사람이 살아가기에 이상적인 곳이 되기 위해서는, 개별적인 개개인이 스스로 자신의 내적 조건을 만들어 가는 것과 함께 사회 정치적인 외적 조건 역시 충족되어져야 한다는 것을 말한다. 이것은 '수기'라는 도덕적 인격의 완성과 '안인'이라는 사회적 실천, 이 두 가지 요소 가운데 어느 하나도 인간의 삶에서는 결핍될 수 없다는 유가적 신념을 보여주는 것이기도 하다. 그것은 제도와 그 제도를 운영하는 인간에 대한 관심을 동시에 가질 때 비로소 살만한 세상을 만들 수 있다는 신념이다. 그런데 이러한 유가적 신념 혹은 다른 학파와 유학을 구분시켜 주는 근원적인 특징이 공자에 이르러 완성되었던 것이다.

공자이전의 요堯·순舜·우禹·탕湯 등을 중심으로 하는 전설적인 성왕聖王들 역시 흔히 유가 전통의 원류로 이해하거나 그 흐름에 포함해서 보기도 하지만, 그들은 여전히 '수기'와 '안인' 가운데 '안인'에 치중해 있었고, '수기'의 측면에 대해 깊이 자각하지 못하고 있었다. 공자 당시 혹은 공자 이후에 등장한 춘추전국시대의 제자백가들 역시 하나같이 '안인'의 측면만을 강조하고 오직 그것에 관심을 기울인 학적 체계일 뿐이다. '안인'의 측면에서 강조되는 것은 사회 혹은 국가와 그것을 운용하는 제도

중국 곡부의 공묘孔廟

나 정책들이다. 따라서 공자이전의 성왕들이나, 그 후대
의 제자백가들은 모두 사회적인 혹은 정치적인 제도나
정책들의 개혁에 관심을 보였다는 것을 의미한다. 반면
에 '수기'는 사회나 국가의 개혁은 단순히 제도나 정책의
완성도를 높이는 것만으로 성취될 수 없다는 생각에서
제도와 정책을 운영하고 실시하는 인간에 대한 관심을
보여준다.

그리고 이러한 공자가 제시한 '수기'와 '안인'의 두 가지
기준에 따른다면, 유학인가 유학이 아닌가, 혹은 유학자
인가 유학자가 아닌가 하는 점 역시 모두 이 두 가지 기
준에 의해 구분된다. 수기와 안인이라는 두 가지 기준을
모두 지향하고 있다면, 다른 상이한 주장이나 이론 체계
등은 문제가 되지 않는다. 그래서 성선性善을 주장한 맹

자孟子(BC 372?~BC 289?)와 성악性惡을 주장한 순자荀子(BC 298?~BC 238?)처럼 완전히 상반된 주장 혹은 상이한 이론체계를 보여주고 있는 인물들도 바로 이 기준에 따라 동일한 유학자로 구분했던 것이다. 그리고 맹자와 순자처럼 개인적인 차이뿐만 아니라, 시대의 변화에 따라 다른 모습의 유학 역시 등장하게 되는데, 그와 같은 다른 모습의 유학들 역시 이 두 가지 기준에 의해 유학 혹은 유학자인지 여부가 결정될 수 있다. 물론 시대에 따라 등장한 유학의 여러 변형 가운데, '수기'와 '안인'의 두 가지 측면 중 특정 측면을 더욱 강조하거나 또는 특정 측면을 의도적으로 약화시키기도 하였지만, 그것을 여전히 유학이라 부르는 까닭 역시 이 두 가지 요소의 보존여부에서 찾는다.

유학의 역사적 전개

그렇다면 시대의 변화에 따라 등장한 다른 모습의 유학에는 어떤 것이 있을까? 시대적 변화를 통해 구분해보면 유학의 전개과정은 대체로 다음과 같은 다섯 단계로 구분할 수 있고, 성리학은 그 다섯 단계 가운데 가장 중간인 송명시대에 등장하여 유행한 유학이다. 유학의 시대적인 구분은 공자가 활동하던 시대에서 시작된다. 즉 공자가 활동하던 시대로부터 진秦나라에 의해서 중국이 통일되기 이전까지의 시기를 진나라보다 앞선 시기라고 해서 '선진先秦시대'라 부르고, 이시기의 유학을 '선진유학先秦儒學' 혹은 기원이 되는 유학이라는 뜻에서 '원시유학原始儒學'이라고 부른다. 그리고 진나라로부터 송나라가 성립하기 이전까지의 유학을 다시 한당유학漢唐儒學이라 부르고, 송의 성립으로부터 청의 성립 이전까지는 송명유학宋明儒學이라 부르며, 청나라 시대의 유학을 청대유학淸代儒學, 그리고 1911년 신해혁명辛亥革命 이후의 유학을 현대유학現代儒學이라 한다.

선진유학이 공자와 맹자, 순자 등의 인물을 중심으로 춘추전국시기의 혼란한 세상을 어떻게 하면 질서있는 세상으로 만들 것인지를 문제 삼은 유학이라면, 한당유학은 강성해진 왕권 아래에서 유자들이 지향하였던 적극적인 개혁의지는 퇴화하고 정치중립적인 영역으로 학문을 확장함으로써 경전해석을 중심으로 하는 훈고학訓詁學과 글짓기를 중심내용으로 하는 사장학으로 성립하였다. 반면 송명시대에 성립한 성리학은 내적으로는 앞선 한당시대의 훈고학이 유학의 근원적인 정신으로부터 멀어졌다고 비판하는 것과 동시에 외적으로는 불교와 도교를 극복하기 위한 이론적 혁신을 통해 성립한 유학이다. 그리고 청대유학은 송명시대의 성리학이 지나치게 수기를 중심으로 전개됨으로써 안인의 측면이 약화되었다는 문제의식에 의해 성립하였다. 당시의 유학을 흔히 고증학考證學이라 부르며, 이것은 조선후기 실학에 일정부분 영향을 주기도 하였다. 마지막으로 1911년의 신해혁명이후 등장한 현대유학은 20세기 초반 서양을 중심으로 한 세계적인 흐름 속에서 중국의 유학전통에 대한 반성에서 출발한 유학이다. 전체적으로 성리학의 경우는 유학의 두 가지 조건인 '수기'와 '안인' 가운데 '수기'의 측면이 상대적으로 강조되었고, 청대의 고증학과 같은 경우에는 그 반대로 '안인'의 측면이 강화된 대표적인 사례라고 이해할 수 있다.

신흥사대부의 학문, 성리학

논의의 주제인 성리학은 이렇듯 전체 유학의 흐름 속에서 본다면, 시대적으로는 송명시대에 성립하여 유행하였던 유학의 한 갈래이고, 내용에 있어서는 한당유학을 극복함과 동시에 불교와 도교의 폐단을 이겨내기 위한 유학의 자기반성을 통해 성립되었다. 그런데 여기에서 한 가지 의문을 제기할 수 있는 있는데, 그것은 바로 송대에 이르러 성리학이 왜 그리고 어떻게 등장할 수 있었는가 하는 점이다. 이 물음에 대해 분명하게 답하기 위해서는 당나라와 송나라로 이어진 역사적 변천 과정에 대한 이해를 필요로 한다. 역사가들이 흔히 '당송변혁기'라고 부르는 당나라 말기부터 송나라 초기에 이르는 시기는 단순히 하나의 왕조가 망하고 새로운 왕조가 세워지는 정도의 변화와 의미만을 가진 것은 아니다.

서기 907년 당나라가 망하고 960년 송나라가 세워지는 사이의 약 50여년을 흔히 오대십국시대라고 부른다. 이 50여년동안 화북지방의 왕조가 양梁·당唐·진晉·한漢·주周(역사학자들은 앞선 왕조와 이들을 구분하기 위해 모두 後자를 붙여 후양, 후당, 후진 등으로 불렀다.)로 다섯 번 바뀌었다고 해서 오대五代라 부르고, 화남을 비롯한 주변지역에 모두 10개의 지방 정권이 독립을 유지하였다고 해서 10국이라 부르는 것이다.

중국은 진나라의 시황제이래로 황제를 중심에 둔 중앙집권적 관료체제를 운영하였다. 실제로 이 정치체제는 기본적으로는 신해혁명에 의해 청나라가 망할 때까지 지속된 것이기도 하다. 하지만 그 긴 역사적 전개 과정에서 형식이나 내용이 전혀 변화가 없었던 것은 아니다. 그 가운데 가장 큰 변화가 바로 당송변혁기 혹은 오대십국시대에 일어났고, 그 변화를 이끈 주체는 다름 아닌 신흥사대부였다.

당송변혁기의 가장 현저한 특징을 꼽으라면, 그것은 당연히 모든 변화의 중심축으로 작용한 신흥사대부의 역사적 등장이다. 중국에서 당나라이전의 모든 왕조는 호족을 기반으로 성립하였기 때문에, 기본적으로는 모두 호족연합을 기초로 한 왕조였다고 할 수 있다. 특히 육조六朝 이후, 곧 수隋나라와 당나라에서는 대부분 작위를 세습하는 귀족들이 큰 세력을 형성하고 있었다. 그런데 오대십국시대를 거치며 신흥사대부가 성립했다는 것은 이러한 호족연합과 귀족제가 드디어 무너지고, 지방 소지주 세력의 시대가 열렸음을 의미한다. 실상 이러한 변화는 우리나라의 경우에도 분명하게 확인할 수 있는데, 중국보다 조금 늦은 고려말기로부터 조선이 건국되는 시기가 여기에 해당한다.

어쨌든 이때부터 황제의 권력이나 중앙집권이 호족연합이나 세습 귀족들에 의해 유지되거나 강화되는 것이 아니라, 비세습적인 관료집단 곧 실질적인 과거시험을 통해 선발된 신흥사대부의 힘으로 확립되었다. 그리고 변화는 이러한 정치적인 측면에 한정되지 않았다. 작은 파도가 큰 쓰나미를 몰고 오듯, 경제적·문화적인 측면을 비롯하여 일상생활의 구석구석까지 모든 것이 바뀌기 시작하였다. 화려함을 강조하던 귀족적인 건축이나 복식·회화·도자기 등 여러 문화적 양식 혹은 요소들이 단순하고 소박한 형태로 바뀐 것도 이것에 기인한다. 우리나라의 경우에도 고려의 화려한 상감청자가 신흥사대부의 나라 조선으로 접어들면서 소박한 백자의 모습으로 바뀌고 만다. 결국 성리학의 성립이나 그 지향도 신흥사대부의 등장과 분리되어 이해될 수 없으며, 성리학이란 다름 아닌 이 신흥사대부가 무엇을 지향하였는지를 보여준 학적 체계였다고 할 수도 있을 것이다.

그렇다면 성리학이 신흥사대부와 분리될 수 없고, 그들의 지향을 반영해 보여주고 있다는 사실을 우리는 성리학에서 어떤 모습으로 확인할 수 있을까? 다시 말해서 성리학은 신흥사대부 시대의 도래와 그 지향을 어떻게 반영해 보여주고 있을까? 이러한 의문에 대한 답은 무엇보다 먼저 모든 사람이 성인이 될 수 있다는 성리학적 신념에서 확인할 수 있다. 관직은 더 이상 귀족에 의해 세습되는 것이 아니라, 누구나 공부해서 과거시험에 합격하면 관료가 될 수 있듯이, 성리학은 인간이라면 누구나 공부나 수양을 통해 성인이 될 수 있다고 말한다. 세습 귀족의 시대가 끝나고 새로운 사대부의 시대가 시작되었음을 이보다 더 단적으로 표현할 수 있을까? 여기에서 우리는 호족 혹은 귀족의 시대가 가고, 새로운 시대가 도래했음을 선언하는 신흥사대부의 자신감 넘치는 모습을 발견하게 된다. 여기에서 그치는 것도 아니다. 이러한 신념은 인간 스스로의 노력을 통해 성인聖人, 곧 자신을 구원할 수 있을 뿐만 아니라, 사회나 정치 역시 이상적인 상태로 만들 수 있다는 믿음의 표현이기도 하다. 그리고 이러한 신념을 바탕으로 인간의 조건과 그 이상을 실현해 나가려 한 것이 성리학이었다고 이해할 수 있다면, 성리학은 나름 그 시대적 소명을 충실히 다하였다고 말할 수 있을 것이다.

다음으로 신흥사대부의 학문인 성리학이 피할 수 없이

보여주고 특징 가운데 하나는 다름 아닌 도덕에 대한 강조다. 신흥사대부는 중앙집권적 관료체제를 지향하는 동시에 그 기반을 자신들의 출신성분이라고 할 수 있는 향촌지주제에서 찾았다. 그리고 그 향촌의 질서를 유지하는 데 있어서는 법이나 제도가 아니라, 도덕과 공동체의 윤리가 더욱 강조될 수밖에 없다는 점을 그들은 이미 이해하고 있었다. 이런 측면에서 보자면 성리학자들이 왜 도덕의 내적이면서 초월적인 근거를 제시함으로써 인간 도덕행위의 전 과정에 대한 해명뿐만 아니라, 실질적인 도덕실천을 궁극 목표로 설정할 수밖에 없었는지 이해할 수 있게 된다. '안인'의 측면보다는 '수기'가 그들에게 더욱 강조되었던 것도 같은 측면에서 이해된다.

물론 성리학에서 논하고 있는 도덕이 일정부분 혹은 일정 이론체계 속에서 타율적으로 강제된 규범이라는 의미 역시 가진다는 것은 부정하기 어렵다. 하지만 성리학에서 논하는 도덕이 더욱 적극적으로는 인간의 조건을 규정하고 또 그것의 실현과 밀접하게 관련된다는 점에서 보자면 도덕실천은 단순히 외적 규범을 실천하는 것이 아니라, 가기의 본성을 실현한다는 의미이고 그것은 다름 아닌 인간 실현의 또 다른 모습이기도 하다. 이런 의미에서 성리학이 마치 인간의 자유를 억압하는 규범만을 논하고 있는 듯이 보이지만, 보다 근원적으로는 인간의 조건과 인간으로 살아가기 위한 길을 깊이 고민하였다고 이해할 수도 있을 것이다.

성리학의 한 갈래, 주자학

그런데 이러한 성리학 내부에서도 사실상 인간으로 살아가기 위한 길에 있어서 방법론을 달리하는 등 이론적 분화가 이루어졌는데, 대표적인 것이 정이와 주희를 중심으로 하는 정주학과 육구연과 왕수인을 중심으로 하는 육왕학이다. 고려 말에 우리나라에 수입된 성리학은 다름 아닌 정주학, 그 가운데서도 주희에 의해 체계화된 주자학이 중심이었고, 또 그것을 이념으로 새로운 국가인 조선이 건국된 까닭에 조선 오백년 동안 주자학은 절대적인 권위를 행사하게 되었다. 그리고 이런 이유로 성리학은 곧 주자학이라는 등식이 우리나라에서는 널리 받아들여졌고, 주자학 이외의 다른 성리학 체계는 대부분 주목받지 못하거나 배척되었다. 특히 육왕학은 조선에서 이단으로 취급받으며 늘 비판의 대상이 되었는데, 강화도를 중심으로 정제두鄭齊斗(霞谷, 1649~1736)와 그의 후손에 의해 그 명맥을 겨우 이어갔을 뿐이다. 이제 성리학 가운데 조선시대에 가장 큰 영향력을 행사했던 주자학이 어떤 학문인지 간단하게나마 살펴보자.

유학의 한 갈래인 성리학, 그리고 그 성리학의 한 갈래인 주자학 역시 철저하게 도덕실천의 가능근거와 방법뿐만 아니라, 그 같은 실천을 통해 인간으로의 완성, 곧 성인聖人이 될 수 있다고 말한다. 주자학을 구성하고 있는 모든 이론 체계는 이것이 어떻게 가능한지 그 근거와 방법에 대한 설명일 뿐이다. 이러한 주자학은 세 가지 주요한 이론으로 구성되어 있는데, 리기론理氣論과 심성론心性論의 두 가지가 그 근거에 대한 설명이라면, 나머지 하나인 공부론工夫論은 바로 방법에 대한 설명이다.

리기론은 우주와 그 안에 존재하고 있는 인간을 포함한 모든 사물의 생성과 변화를 리理와 기氣라는 두 가지 개념을 통해 설명한다. 그래서 그것을 우주론 혹은 세계관이라고도 부른다. 주자학에서 기氣는 인간의 신체를 포함한 현상 세계를 구성하는 질료質料, 그리고 그 질료가 갖추고 있는 수동적인 자연 생명력이나 통제되지 않은 에너지를 가리킨다. 반면에 리理는 이 질료를 하나의 사물로 완성하는 근거이자, 수동적인 자연 생명력인 기를 인도하는 원리이면서, 동시에 지향해야 할 궁극적 목표다. 양자의 관계를 단순화해서 설명한다면 결국 리와 기가 결합하여 인간뿐만 아니라 세계 안에 존재하는 각각의 사물이 생성되고 완성된다. 우리 눈앞에 존재하고 있는 사물들이 어떻게 생성되었고, 어떻게 지금 눈에 보이는 것처럼 존재하게 되었는지에 대해 주희는 리기론을 통해 나름의 답을 제시하고 있는 것이다.

리기론이 우주와 세계를 바라보는 틀이라면, 심성론은 인간을 바라보는 틀이다. 심성론 역시 리기론처럼 리와 기라는 이분적 구도 속에서 인간의 의식활동과 관련된 심心과 성性을 각각 리와 기에 분속시켜 이해하는 것에서 출발한다. 즉 성은 리[性卽理]이고, 심은 기[氣之精爽]라는 구도이다. 이러한 구도가 암시하고 있는 것은 리기론에서 리와 기가 하나로 결합 될 때 비로소 하나의 구체적인 사물이 생성되고 완성되는 것처럼, 인간에 의한 도덕실천 역시 기인 심과 리인 성이 일치되고 통일될 때 비로소 실현되거나 완성된다는 점이다. 그리고 주자학이 궁극적으로 지향하고 있는 것이 다름 아닌 리와 기 곧 심과 성의 일치와 합일이라는 사실 또한 여기에서 확인할 수 있다.

그리고 주희가 공부론을 통해 제시하고 있는 다양한 형태의 공부 방법, 곧 경敬이나 격물格物, 치지致知, 함양涵養, 찰식察識 등의 공부 방법은 모두 이질적이자 독립적인 심과 성을 일치시키고 합일시키기 위해 제시한 방법들이기도 하다. 도덕실천의 객관적인 가능 근거를 설명하고 있는 리기론과 도덕실천의 내적 가능 근거를 설명하고 있는 심성론을 토대로 도덕실천의 방법론인 공부론으로 마무리 되는 것이 바로 주자학인 것이다.

8. 남명학파의 조건과 전개

이제까지 우리는 서원이 어떤 곳인지, 16세기 중반에 왜 우리나라에 서원이 세워지기 시작하였고, 서원에서는 어떤 교육을 시행하였으며, 그 공간은 어떻게 구성되어 있는지 등과 함께 그 각각의 내용들이 성리학과 어떻게 관련 맺고 있는지에 대해 알아보았다. 여기에 사족蛇足으로 성리학이란 무엇인지도 간략하게나마 살펴보았다. 이제는 그렇게도 많은 서원 가운데 남명학파의 서원을 구분하기 위해서 먼저 남명학파의 외연, 곧 외적 범위에 대한 이야기를 시작해 보자.

남명학파의 인적구성과 시대적 범위

학계에서 남명학파는 이미 하나의 고유명사로 널리 쓰이지만, 사실상 이 남명학파의 외연 역시 수 많은 학술적 용어와 마찬가지로 다의적인 의미를 가진다. 그런데 남명학파의 개념규정과 관련하여 늘 관심과 논란의 중심이 되었던 것은 다름 아닌 남명학파가 어느 시기까지 존속했는가 하는 것과 또 어떤 인물들로 구성되어 있었는가라는 두 가지 문제가 핵심이었다. 특히 정치적인 영향을 크게 받았던 남명학파의 경우, 인조반정 혹은 무신

인조반정이나 무신난은 도대체 어떤 사건이기에 남명학파의 전개사와 이토록 깊이 관련되어 있는 것일까? 먼저 인조반정의 경우는 1623년 서인西人이 광해군과 대북파를 몰아내고 능양군을 인조로 옹립한 사건이다. 광해군의 즉위와 함께 권력의 중심이 되었던 대북파는 정인홍 등 남명학파의 인물들이 중심이 된 정파였다. 하지만 이 사건을 계기로 대북파는 중앙정계로부터 철저하게 퇴출되었을 뿐만 아니라, 그 후손들의 정계진출 역시 봉쇄되고 말았다. 그리고 무신난은 인조반정이 일어난지 약 100여년 뒤인 1728년 이인좌가 청주에서 난을 일으키자, 이것에 호응해 정온鄭蘊의 4대 손인 정희량鄭希亮이 고향인 안음에서 군사를 일으킨 사건이다. 앞의 인조반정이 중앙 정계에 진출했던 남명학파에게 일차로 심각한 타격을 준 사건이라면, 무신난은 남명학파의 본산인 강우지역에서 조차 더 이상 하나의 학파로 존립할 수 없도록 만들어 버린 사건이라고 이해된다.

난戊申亂 이후에도 여전히 존속되었는지의 여부, 그리고 그러한 정치적인 영향 속에서 복잡하게 전개된 사제師弟 관계가 논란의 핵심이라고 할 수 있는 것이다.

이처럼 인조반정과 무신난, 이 두 사건은 남명학파가 어느 시기까지 존속했는지와 관련한 문제에서 늘 논란의 중심에 있다. 그래서 남명학파의 경우 이 두 사건을 기준점으로 해서 짧게는 인조반정 이전까지 그리고 길게는 무신난 이후까지 실재했다는 등의 몇 가지 의견들이 제시되고 있다. 가장 일반적인 시각은 남명학파가 인조반정에 의해 큰 타격을 받고 학파활동이 위축된 후, 무신난을 통해 더 이상 하나의 학파로 존립할 수 없었다는 정도로 요약된다. 이러한 시각에 따르면 남명학파 존립의 하한선은 대체로 무신난 이전까지인 셈이다. 반면에 일부 학자들에 의해 무신난 이후에도 남명학파는 여전히 존속하였다는 주장 역시 제기되고 있는데, 이들의 주장에 따르자면 남명학파는 인조반정 이후는 물론이고 무신난 이후에도 위축은 되었지만 여전히 건재하며 전승되어 내려온 것으로 파악된다.

이러한 남명학파의 시간적 외연 외에 남명학파의 인물 구성도 사실상 그리 단순한 문제가 아니다. 그것이 단순하지 않은 것 역시 한편으로 남명학파의 정치적 위상과 관련되어 있기도 하지만, 보다 직접적으로 그것은 다양한 판본의 연원록 때문이다. 간혹 남명학파의 인물 구성에 대해 구체적인 범위를 확정하려고, 남명학파의 인물은 "남명과 같은 지역에서 교유하던 인물들과 그 후손, 직전제자들과 그 문도들 정도를 포괄"[9]한다고 규정하지만, 이렇게 하더라도 문제가 모두 해결되지는 않는다. 어떤 인물이 조식의 교유인물과 문인에 포함되는지도 여전히 논란거리가 되기 때문이다. 그 논란은 『산해사우연원록』, 「사우록」, 『산해연원록』, 『덕천사우연원록』 등 무려 4종의 편집본, 혹은 판본에 따라 7종이나 되는 조식의 문인에 대해 정리한 문헌과 그것에 기록된 문인 숫자의 현격한 차이에 기인한다. 그 4종 가운데 가장 빠른 시기에 나온 것이 1636년에 편집된 『산해사우연원록』이고, 그 뒤 1764년에는 『남명선생별집』의 「사우록」이, 그리고 1894년 경에는 『산해연원록』이 간행되었으며, 마지막으로 1960년에는 『덕천사우연원록』이 편찬되었다.[10] 각 서적별로 기록되어 있는 문인의 숫자에는 현격한 차이를 보여주고 있는데, 후대로 갈수록 그 숫자는 늘어나서, 『산해사우연원록』에 종유인 24인과 문인 50인이 기록되어 있었다면, 『덕천사우연원록』에는 종유인 52인에 문인 135인, 사숙인 162인이 등재되어 있다.

그리고 이와 관련된 문제가 여기에서 그치는 것도 아니다. 가장 많은 문인 명단을 기록하고 있는 『덕천사우연원록』에도 등재되어 있지 않지만, 남명학파의 인물로 볼 수 있는 인물들이 있다거나, 혹 어떤 이는 이 연원록이 겨우 숙종과 영조대인 18세기 초반까지의 인물들까지 싣고 있는 까닭에 18세기 후반이래 등장하여 활동한 강우 지역의 학자들이 제외되어 있어서 이들까지 남명학파에 소속시켜야 한다고 주장하기도 한다.

이렇듯 남명학파에 대한 규정, 곧 남명학파의 인적구성이라든가 남명학파의 시대적 하한선에 대한 명확한 경계선을 긋고자 하는 일은 여러 복잡한 사항들과 관련되어 있다. 더욱 아쉬운 것은 지금까지 남명학이나 남명학파에 대해 다양한 연구결과물이 발표되었지만, 앞에서 언급했듯 어떤 곳에서도 이 문제를 직접적으로 다루고 있지 않는다는 점이다. 그런 의미에서 이 문제와 관련해서는 아직 누구도 충분한 설득력을 가진 시각이나 관점을 제시하지는 못했다고 말할 수도 있을 것이다. 그럼에도 불구하고 어떤 형태로든 이 문제에 대한 보다 진전된 논의가 필요한 우리의 입장에서 보자면, 그리고 관련 논의를 진행하기 위해서는 무엇보다 내용을 단순화하여 원론적인 측면에서부터 접근하는 것이 필요하다고 판단된다. 관련된 내용들이 지나치게 복잡하기 때문에 어떤 형태로든 해결 방법을 제시하기 위해서는 그 내용을 단순화해 볼 필요가 있다고 생각되기 때문이다.

　그리고 이렇듯 원론적인 측면에서 볼 때, 남명학파의 외연과 관련된 논의 역시 일반적인 학파의 성립 조건에서 시작되어야 한다는 것은 자명하다고 생각된다. 결국 남명학파의 실재여부는 학파의 실재여부에 의해 결정되고, 학파의 실재여부는 학파의 성립 조건이 충족되고 있는지의 여부에 의해 결정될 수 있기 때문이다. 그렇다면 우리는 먼저 학파의 성립 조건은 과연 무엇인지부터 살펴보자.

학파 성립의 조건

조선성리학의 전개과정에서 등장했던 학파에 대해 논하고 있는 『조선유학의 학파들』 서문에서는 학파에 대해 다음과 같이 설명하고 있다. 즉 "학파란 본래 어떤 특정한 인물을 중심으로 학문의 활동과 내용에 있어서 일정한 공통성 혹은 연관성을 지님으로써 자기 동일성을 유지하는 집단이다. 즉 학문 활동과 학문 내용의 측면에서 긴밀하게 결합되어 있는 경우나, 그 일부에서 간접적인 연관만을 가지는 것에 이르기까지 다양한 형태로 존재할 수 있는 것이 학파이다."[11] 여기에서 말하는 학파란 다름 아닌 '특정한 인물을 중심으로 학문에 있어서의 공통성 혹은 연관성을 유지하는 집단'이다. 그러나 다른 학파의 아류가 아닌 하나의 독립된 학파로 성립하기 위해서는 여기에 보다 엄격한 조건이 붙여져야 한다고 생각되는데, 특정 인물을 중심으로 하는 공통의 학문이 다른 인물 혹은 학파의 학문과 구분되어야 한다는 점에서 학파가 갖추어야 할 최소한의 조건은 다음과 같은 두 가지로 정리할 수 있을 것 같다. 즉 첫째는 다른 학파와 구분되는 독립된 체계를 갖춘 학술이론이나 사상이고, 둘째는 그러한 학술이론이나 사상 혹은 그것으로부터 파생된 문제의식을 직간접적으로 공유하는 학자 집단이다. 이 두 가지 조건이 모두 충족될 때 비로소 학파는 성립할 수 있는 것이다.

이러한 학파의 성립 조건에서 보자면 남명학파란 결국 다른 학파와 구분되는 학술이론이나 사상으로서의 '남명학'이라는 공통성·연관성을 가지거나 또 그것을 공유하는 학자 집단을 가리키고, 남명학파의 시대적인 하한선 역시 다른 무엇도 아닌 바로 이러한 공통성·연관성을 가지거나 또는 그것을 공유하는 학자 집단의 존재여부에서 확인되고 결정되어져야 한다고 판단된다. 그리고 남명학파의 시대적 하한선 혹은 인물의 범위와 관련하여 늘 논의의 중심이 되고 있는 문제의 핵심, 곧 남명학파가 인조반정 혹은 무신난 이후에도 여전히 존재했는지의 여부, 그리고 그 남명학파 인물들의 범위 역시 이 기준에 의해 해결될 수 있다고 판단된다.

남명학파와 『덕천사우연원록』

이렇듯 일반적인 학파의 성립조건을 우리 논의의 주제에 적용해 볼 때, 결국 인조반정 혹은 무신난 이후에도 남명학파가 존재했는지의 여부는 남명학이라는 공통성·연관성을 가지거나 공유하는 집단이 이러한 사건 이후에도 여전히 실재했는지 여부를 확인함으로써 결정할 수 있게 된다. 그런데 인조반정 이전에는 당연히, 그리고 무신난 이전까지는 상당히 위축된 형태로나마 남명학파의 명맥이 유지되었음을 어느 정도까지는 긍정할 수 있다. 반면에 무신난 이후에도 남명학파가 여전히 존립했는지에 대한 구체적인 증거를 찾기란 쉽지 않다. 무신난 이후에도 남명학파가 존재했다고 주장하는 학자들의 주장을 자세히 살펴보면 이들조차 이러한 점에 대해 어떤 구체적인 증거를 제시하지는 못하고 있다는 사실을 발견하게 된다.

그 대부분은 17세기 후반 이래 비록 남명학파가 침체되기는 하지만, 조식과 그의 문인 사이에 사제관계로 맺어진 맥이 후손으로 이어졌고, 그 후손들에 의해 남명학파의 위상을 높이기 위한 노력이 있었다는 사실 등에 주목하여 남명학파의 존재를 주장할 뿐이다. 다시 말해서 무신난 이후에도 남명학파가 실재했다고 주장하는 학자들도 그 시기 학자들의 학문적 특징에 대한 세밀한 분석을 통해 남명학파의 공통적 토대라고 할 수 있는 남명학이 그들에게도 여전히 계승되고 있다는 점을 분명하게 보여주지는 못하고 있다. 이들은 단지 인조반정 이후에도 강우 지역에 무수한 학자들이 있었다는 역사적 사실이나, 그들이 조식에 대한 추숭 등에 적극적이었다는 정서적인 사실에 의거해 남명학파의 실재를 증명하고 있을 뿐이다. 그런데 앞의 논의에서 제시된 학파의 조건에 따른다면, 학파란 단순히 특정 학파나 인물의 위상을 제고하려는 노력에 의해 존속여부가 결정되는 것은 아니다.

이런 여러 가지 상황을 고려할 때, 남명학파는 인조반정에 의해 학파 활동이 상당히 위축되고 그 활동 반경 역

시 제한될 수밖에 없었고, 18세기 초반의 무신난을 통해
서는 재차 심각한 타격을 받음으로써 더 이상 독립된 학
파로 존립하기 어려웠다는 시각을 토대로 남명학파의 인
적 구성 역시 대체로 무신난 이전까지 활동했던 인물로
한정하는 것이 나름의 설득력을 가진다고 판단된다. 그
리고 이러한 시각은 남명학파를 바라보는 가장 일반적인
시각이라고 판단된다.[12] 이렇게 본다면 비록 연원록 자체
를 학파 혹은 학파의 구성원과 동일시 할 수 없다는 점
을 전제하더라도, 광해군 시기부터 현종대까지의 인물을
등재하고 있는 다른 연원록보다는 18세기 초반인 숙종
(1674~1720 재위)대의 인물까지 사숙인으로 수록하고 있
는『덕천사우연원록』이 남명학파의 시대 범위와 인물 범
위 설정에서 나름의 장점을 가진다고 말할 수 있다.[13] 이
러한 여러 측면을 고려하여 이제 남명학파의 서원과 관
련한 우리의 논의에서 남명학파의 시대적 하한선은 무신
난 이전까지로, 그리고 인물구성은 몇몇 예외적인 경우
가 있다고 하더라도, 기본적으로 그리고 원칙적으로『덕
천사우연원록』에 등재되어 있는 조식의 문인, 사숙인 가
운데 서원에 제향되고 있는 이를 중심으로 삼게 된다.

9. 남명학파 서원

　지금까지 우리는 긴 논의를 거치며 '남명학파'와 함께 '서원'의 외연에 대해 그 범위를 확정해 보았다. 지금까지의 논의를 정리해 본다면 최대 1721개에 이르는 우리나라 전체 서원 가운데 남명학파의 서원을 구분하고자 할 때, 그 기준이 되는 것은 다음과 같다.

　　첫째, '남명학파'는 시기적으로 인조반정에 의해 큰 타격을 입으면서 활동이 위축되었고, 무신난을 통해서는 더 이상 학파로서 존립하기 어려운 상황에 처하게 되었다고 이해된다.
　　둘째, 남명학파의 인적 구성은 조식과 『덕천사우연원록』에 등재된 문인 및 사숙인 그리고 재전문인 가운데 서원에 제향되고 있는 인물들이 모두 포함된다.
　　셋째, 서원은 사우 등 공공성이 뚜렷한 교육공간을 포함하지만, 서당을 비롯한 누·정·재 등의 사적 교육공간은 서원의 범주에 포함하지 않는다.

　이제 이 세 가지 의미를 결합하여 이 글에서 사용하는 '남명학파의 서원'에 대해 거칠게나마 규정한다면 '무신난 이전까지 활동한 조식과 『덕천사우연원록』에 등재된 문인 및 사숙인 그리고 재전문인을 제향하고 있는 서원과 사우'를 가리키게 된다.

그런데 이렇게 '남명학파의 서원'을 규정해 놓고 보아도 충분하지 않다는 느낌을 지울 수가 없다. 특히 조식과 그의 문인·사숙인·재전문인 중 어느 한 인물이라도 제향하고 있는 서원을 모두 남명학파의 서원으로 분류할 수 있는가 하는 점은 중요한 문제로 떠오른다. 경우에 따라 문인들의 사승관계가 중복되고 다양하게 확인되는 경우도 있고, 또 서원의 성격을 결정한다고 말할 수 있는 주향主享이 남명학파와 무관한 경우도 있으며, 남명학파의 문인을 제향하고 있지만 그 서원이 남명학파의 학파 활동과 아무런 상관이 없는 서원 등이 있을 수 있기 때문이다. 예를 들어 남계서원처럼 제향자 가운데 분명 조식의 문인인 강익이 포함되어 있지만, 주향이 남명학파에 속한 인물이 아닐 뿐만 아니라, 조선 후기로 내려오면서 그 성격이 바뀌어 서인 노론계(율곡학파 송시열계열) 서원으로 전향한 경우도 있는 것이다. 이러한 요소들을 고려한다면 단순히 조식과 『덕천사우연원록』에 등재된 문인 및 사숙인 그리고 재전문인을 제향하고 있는 서원과 사우를 모두 남명학파의 서원으로 구분하는 것이 큰 설득력을 가지지 않는다는 점도 분명하게 확인된다.

남명학파의 서원을 분류하는 과정에서 자의성이 완전히 배제되기는 어렵다고 생각되지만, '남명학파 서원'을 일반적으로 서원의 제향자는 다수인 경우가 대부분이다. 그럴 경우 제향자의 위차를 정하게 되는데, 제향자 가운데 가장 높은 위계에 있는 인물을 주향이라 부르고, 사당의 정면을 바라보는 벽에 신위를 모시기 때문에 주벽主壁이라고도 한다. 이 주벽을 제외한 다른 제향자는 종향從享 혹은 배향配享이라고 부른다. 또한 주벽 좌우에 모신 신위를 배향위配享位라고 하는데, 이 종향되는 인물의 신위가 복수일 경우 주벽의 왼쪽에 모셔진 신위가 더 높은 위계를 가진다. 이러한 배향위의 위계와 관련해서 발생한 사건이 바로 유명한 병호시비屏虎是非이다. 이 사건은 이황을 주향으로 하는 여강서원廬江書院을 건립하면서 종향인 류성룡과 김성일 가운데 누구의 위패를 주벽의 왼쪽에 둘지를 놓고 벌어진 논쟁이다. 류성룡을 높이려는 사람들은 관직의 높낮이로, 김성일을 높이려는 사람은 나이의 많고 적음으로 결정하자고 주장하였는데, 당시 조정에서 류성룡의 위패를 왼쪽에 모시도록 함으로써 문제는 일단락되었지만, 조선 후기까지 갈등은 지속되었다.

분류해 내는 보다 설득력을 가진 기준이 필요해 보인다. 그리고 이러한 필요성에 따라 어떤 서원을 남명학파의 서원으로 분류할지에 대해 고민해 볼 때 주목되는 것은 다름 아닌 서원의 주향이다. 몇몇 예외적인 경우가 전혀 없는 것은 아니지만, 대체로 서원의 주향은 그 서원의 성격과 지향을 단적으로 보여준다. 서원에서 어떤 인물을 주향한다는 것은 그 인물을 서원이 지향하는 교육 혹은 지역 사림이 지향하는 삶의 전형으로 삼는 것을 의미한다. 이러한 측면에서 어떤 서원에서 어떤 인물을 주향하는지 파악하는 것은 그 서원의 성격을 파악하는 지름길이 되는 동시에 대략적이나마 그 지역의 성리학이 무엇을 지향하는지 그 성격이나 성향을 읽을 수 있는 토대가 되는 것이다.

다시 말해서 서원의 주향은 제향인물의 중심으로 그 서원이 표방하고 있는 정신을 대표한다고 말할 수 있다. 이러한 측면에서 보자면 서원의 주향이 남명학파의 인물이라면 그 서원은 별다른 이견없이 남명학파의 서원으로 분류할 수 있다고 생각된다. 이러한 기준에 따른다면 『덕천사우연원록』에 등재되어 있는 인물 가운데 특정 서원에서 제향되고는 있지만 주향이 아닌 경우, 그 서원은 남명학파와 긴밀한 관련성을 보여주고는 있지만, 남명학파의 서원으로 분류하지는 않게 된다. 이 기준이 비록 몇몇 서원을 남명학파의 서원에서 제외시키는 예기치 않은 결과를 불러오기도 한다. 하지만 그래도 이러한 관점이 조식과 『덕천사우연원록』에 등재된 문인 및 사숙인 그리고 재전문인을 제향하고 있는 모든 서원과 사우를 남명학파의 서원으로 분류하는 것 보다는 상대적으로 더 큰 설득력을 가졌다고 판단된다.

이제 이러한 측면들을 고려하여 보다 구체적이고 비교적 엄밀하게 남명학파의 서원을 규정한다면, 단순히 조식을 비롯한 『덕천사우연원록』에 등재되어 있는 그의 문인과 사숙인을 제향하는 서원이 모두 남명학파의 서원에 포함되는 것이 아니라, 이들을 주향하는 서원만을 남명학파의 서원으로 분류하게 된다. 이제 조식과 그의 문인을 주벽主璧으로 제향하는 서원에는 어떤 곳이 있는지 하나씩 확인해 보자.

IO. 남명학파 서원의 현황

앞에서 우리는 조선시대에 건립된 전체 서원의 숫자를 정확하게 파악하는 것이 불가능하다는 사실을 이미 전제하고 이야기를 시작하였다. 그런데 이 말에는 다음과 같은 두 가지 사실 역시 함축되어 있다. 첫째는 남명학파 서원의 숫자를 정확하게 파악하는 것 역시 쉽지 않다는 사실이고, 둘째는 아래에서 제시하고 있는 남명학파의 서원 명단이 완전한 최종적인 것이 아닐 수도 있다는 사실이다. 이러한 의미에서 보자면 몇몇 남명학파의 서원이 이 명단에서 누락되었더라도 그것이 이 책의 치명적인 약점이 된다고 생각되지는 않는다. 다만 우리는 아래의 몇 가지 문헌들을 참고하여 최대한 사실에 가까운 정보를 재구성하고자 노력했을 뿐이다.

우리가 남명학파 서원의 현황을 파악하기 위해 참고한 문헌에는 『국역 증보문헌비고』의 「학교고」・『전고문헌典故文獻』 권14 「원사록院祠錄」・『조선승무제현문선 부원향록朝鮮陞廡諸賢文選 附院享錄』[14]・『서원』[15]・『한국의 서원』[16]・『경남의 서원』[17] 등이 있다. 그리고 이들 문헌을 참고하여 먼저 조식과 『덕천사우연원록』에 등재되어 있는 인물들을 제향하는 서원을 정리해 보면 아래 [표 2]와 같다.

[표 2] 남명학파 유관 서원 목록(서원 건립 연도 순)

연번	서원 명칭	소재지	남명학파 관련 제향자	주향/종향자	건립연도	사액연도	비고
1	도천서원道川書院	산청	권도權濤	문익점文益漸/	1461	1787	
2	남계서원蘫溪書院	함양	정온, 강익姜翼	정여창鄭汝昌/	1552	1566	
3	천곡서원川谷書院	성주	정구鄭逑	주희/김굉필, 이언적,장현광	1558	15731607	
4	청계서원青溪書院	합천	전치원全致遠, 이대기李大期	이희안/	1564		●
5	연경서원硏經書院	대구	정구	이황/정경세, 김경창, 이숙량	1564	1660	
6	도동서원道東書院	대구	정구, 곽율郭起	김굉필/	1568	1573(쌍계) 1607(도동)	
7	덕천서원德川書院	산청	조식曺植, 영경崔永慶	조식/	1576	1609	●
8	신산서원新山書院	김해	조식	조식/신계성	1578	1609	●
9	용문서원龍門書院	함양	정온鄭蘊	정여창/임훈, 임예	1583		
10	금릉서원金陵書院	사천	문후文後	문후/	1602		●
11	운곡서원雲谷書院	음성	정구	주희/	1602	1676	
12	용암서원龍巖書院	합천	조식	조식/	1603	1609	●
13	서계서원西溪書院	산청	오건吳健, 오한吳侃, 오장吳長, 박문영朴文楧	오건/	1606	1677	●
14	대각서원大覺書院	진주	하항河沆, 하응도河應圖, 김대명金大鳴, 유종지柳宗智, 손천우孫天佑, 이정李瀞, 하수일河受一	하항/	1610		●
15	완계서원浣溪書院	산청	권도權濤, 권극량權克亮	권도/	1614	1788	●
16	덕암서원德巖書院	함안	조종도趙宗道	조순/박한주	1617		
17	예연서원禮淵書院	대구	곽재우郭再祐	곽재우/곽준	1618	1677	
18	관산서원冠山書院	창녕	정구	정구/강흔姜訢, 안여경安餘慶	1620	1711	●
19	회연서원檜淵書院	성주	정구, 송사이宋師頤	정구/이윤우, 이홍기, 이홍량, 이홍우, 이서	1622	1690	●
20	신천서원新川書院	합천	하혼河渾	하연/하우명河友明, 김뉴金紐, 유세훈柳世勛	1624	1684	
21	경행서원景行書院	동해	김효원金孝元	김효원/허목	1631		●
22	회원서원檜原書院	창원	정구	정구/허목	1634		●
23	문연서원文淵書院	고령	최여설崔汝契	박택朴澤/박윤朴潤, 윤규尹奎, 박정번朴廷璠	1636		

24	청곡서원淸谷書院	산청	이천경李天慶	이천경/	1642	1642	●
25	도동서원道東書院	천안	정구	주회/김일손, 황종해	1649	1676	
26	사양서원泗陽書院	칠곡	정구	정구/이윤우	1651		●
27	충민사忠愍祠	진주	최기필	김시민/양산도, 김상건, 김준민, 강희열 등 25인	1652	1667	
28	용연서원龍淵書院	합천	박인朴絪	박인/문동도文東道	1662	1691	●
29	도암사道巖祠	고령	김면	김면/이기준	1667		●
30	도원서원道源書院	화순	정구	최산두崔山斗/안방준, 임억령	1668	1688	
31	귤림서원橘林書院	제주	정온	金淨/송인수宋麟壽, 김상헌金尙憲, 송시열宋時烈	1668	1682	
32	도림서원道林書院	함안	정구, 박제인朴齊仁, 이정	정구/이용	1672		●
33	삼양서원三陽書院	옥천	정구	정구/전팽령, 곽시	1675		
34	종천서원宗川書院	하동	하홍도河弘度, 하진河溍	하홍도/하연河演	1677		
35	용원서원龍源書院	거창	문위文緯	문위/변창후	1686		
36	현절사顯節祠	광주 (경기)	정온	김상헌金尙憲/홍익한洪翼漢, 윤집尹集, 오달재吳達濟	1688	1693	
37	고암서원古巖書院	합천	노흠盧欽, 임진부林眞怤	노흠/이흘	1691		●
38	도연서원道淵書院	봉화	정구	정구/허목, 채제공	1693		
39	정강서원鼎岡書院	진주	정온鄭蘊, 이제신李濟臣, 이염李琰, 하천주河天澍, 진극경陳克敬, 박민朴敏	정온/강숙경, 하윤, 유백온	1694		
40	신계사新溪祠	성주	이승李承	이승/	1694		●
41	연암서원燕巖書院	창녕	성안의成安義	이승언李承彦/이장곤李長坤	1695		
42	목계서원牧溪書院 (두릉서원杜陵書院)	산청	이조李晁	이조/김담	1700		●
43	명곡서원明谷書院	합천	배형원裵亨遠, 강익문姜翼文, 심일삼沈日三	배일장裵一長	1700		
44	임천서원臨川書院	진주	이준민李俊民, 성여신成汝信, 한몽삼韓夢參, 하징河澄	이준민/강응태	1702		●
45	봉계서원鳳溪書院	청주	김우옹金宇顒	김우옹/권상權常, 신용申涌, 신집申楫	1701		●
46	속수서원涑水書院	의성	김우굉金宇宏	신우/손중돈, 조정, 조익	1703		
47	도연서원道淵書院	합천	문익성文益成	주세붕/주이, 강인수, 강대수	1707		
48	반고서원礬皐書院	울산	정구	정몽주/이언적	1712		

49	물계서원勿溪書院	창녕	성여신	성송국/성삼문, 성담수, 성수침, 성운, 성제원, 성혼, 성윤해, 성여환, 성희, 성수경, 성문준, 성람, 성안의, 성준득	1712		
50	봉곡서원鳳谷書院	논산	이순인李純仁	이계맹/남명한, 진극효, 남두건	1712		
51	황암서원黃巖書院	함양	조종도	곽준/조종도 외	1715		
52	인천서원仁川書院	하동	최탁崔濯, 최기필崔琦弼	최탁/최득경, 김성운	1719		●
53	송정서원松亭書院	함안	조임도趙任道	조임도/	1721		●
54	도정서원道正書院	예천	정탁鄭琢	정탁/정윤목	1723		●
55	청천서원晴川書院	성주	김우옹	김우옹/김담수, 박이장	1729		
56	배산서원培山書院	산청	이광우李光友, 조식	이원/이황	1771		
57	경림서원慶林書院	진주	조종도趙宗道	김성일/조종도	1772		
58	낙산서원洛山書院	의령	이노李魯	이노/	1802		●
59	이계서원伊溪書院	합천	심자광沈自光, 심일삼沈日三	심자광/	1836		●
60	문산서원文山書院	산청	권문임權文任	권규/	1843		
61	옥동서원玉洞書院	하동	최영경	최영경/정홍조	1917		●
62	안산서원安山書院	성주	이조	이장경/이백년, 이천년, 이만년, 이억년, 이조년 등 13인	?(1581 중수)	1680	

　앞의 표에 따르면 조식과 그의 문인을 제향하는 서원
은 모두 62개인 것으로 확인된다. 하지만 이 62개 서원
모두를 남명학파의 서원으로 분류하지는 않는다. 앞에서
제시한 남명학파 서원의 조건을 따르기 때문이다. 이 조
건, 곧 조식과 그의 문인을 주벽으로 제향해야 한다는 조
건을 충족하는 서원은 이 62개 서원 가운데 27개 서원을
제외한 나머지 35개, 곧 비고란에 ●으로 표기되어 있는
서원들이다.

예외가 된 서원들

전체적으로 본다면 제외된 27개 서원이 남명학파와 전혀 무관한 서원이라고 말할 수는 없을 것 같다. 다만 35개 서원에 비해 상대적으로 남명학파의 활동과 깊이 연관되었다고 보기 어려운 것도 사실이다. 특히 천곡, 연경, 도원, 반고 등의 서원은 정구를 제향하고는 있지만, 주향과 제향자의 대부분이 이황을 비롯한 퇴계학파의 인물들로 구성되어 있거나, 남명학파와 간접적인 관련성마저 없는 인물들이라는 측면에서 남명학파의 서원으로 구분하기 어렵다. 그 중에서도 연경서원과 같은 경우를 살펴보면, 이 서원은 대구 지역에 세워진 최초의 서원으로, 이황의 문인인 이대용이 건립을 주도하였고, 서원이 건립된 후 이황은 「서이대용연경서원기후書李大用硏經書院記後」를 지어 서원 건립에 대해 지지를 표하였다. 더욱이 제향자 가운데 조식과 이황의 문하에 걸쳐있는 정구 이외에, 연경서원의 주향은 이황이고 나머지 하나의 제향자 역시 퇴계학파의 인물이라고 할 수 있는 정경세라는 측면에서 보자면 연경서원을 남명학파의 서원으로 분류할 수는 없는 것이다.

그리고 충민사의 경우에도 남명학파의 활동과 관련된 서원이라고 보기 어려운데, 일반적으로 서원은 규모나 기능에 따라서 서원과 사우, 정사 등으로 구분되고, 또 건축물의 평면 구성에 따라 강당중심형 혹은 사당중심형

연경서원의 위치를 추정할 수 있는 연경동의
화암畫巖

으로 분류되기도 한다. 반면에 서원의 성격에 따라서는
성리학자를 제향하는 도학서원과 전란 등에서 국가에 충
성을 다한 인물을 제향하는 충절서원 그리고 관료로 업
적을 남긴 인물을 제향하는 관료서원으로 분류되기도 하
는데, 이 세 가지 서원의 성격에 따른 분류 가운데, 특정
학파의 서원으로 구분할 수 있는 것은 도학서원이 대부
분이다. 그런데 충민사를 남명학파의 서원으로 볼 수 없

는 까닭이 그것이 충절서원이기 때문은 아니다. 충절서원의 성격이 강한 도암서원도 남명학파의 서원으로 분류하고 있기 때문이다. 다만 양자 사이의 차이점은 제향되는 인물들이다. 도암사에서 주향인 김면 외에 오직 한 사람 이기춘을 제향하고 있다면, 충민사의 경우에는 최기필 외에 남명학파와 무관한 인물 24인이 함께 제향되고 있는 것이다. 도암사에서 김면은 주향이지만, 최기필은 충민사의 주향도 아니다. 최기필이 분명 남명학파와 깊이 관련되어 있는 인물이지만, 이러한 측면에서 보자면 충민사를 남명학파의 학술활동과 관련된 남명학파의 서원으로 보기 어려운 것이다.

반면에 관료서원은 학문으로 일가를 이룬 학자를 제향하기 보다는 주로 관료로 업적을 남긴 문중의 인물을 제향하기 때문에 흔히 문중서원이라 부르기도 하는데, 학파와의 관련성은 매우 제한적이다. 그런 까닭에 강한 문중서원의 성격을 보여주고 있는 물계서원과 안산서원은 비록 조식의 문인이 주벽으로 제향되지 않는다는 점 때문이 아니더라도 남명학파의 서원으로 분류하기 어려운 것이다. 다시 말해서 조식의 문인을 제향하고는 있지만, 문중 인물 제향이라는 특징을 강하게 보여주기 때문에 남명학파의 학파활동과 관련을 가진다고 볼 수 없는 것이다.

남명학파의 서원을 분류하기 위한 앞의 논의에서 자의

안산서원

적인 요소가 완전히 배제되지는 못하였다고 생각된다. 하지만 이와 같은 논의를 거쳐서 조식과 그의 문인을 제향하는 전체 62개 서원가운데 비교적 엄밀하게 남명학파의 서원으로 규정할 수 있는 서원 35개를 구분할 수 있었다. 이제 아래에서는 이들 35개 남명학파 서원에서 드러나는 특징이 무엇인지 그 역사적 혹은 사회적 배경에 대한 이해와 함께 이러한 특징으로부터 남명학파의 전개과정을 살펴보자.

II. 남명학파 서원의 특징

서원이 교육기관인 만큼 서원에 대한 이해는 기본적으로 교육적인 측면과 무관할 수 없을 것이다. 그러나 앞에서도 이미 언급했듯 우리가 주목한 것은 무엇보다 조선후기 서원이 학파활동의 지역 거점역할을 수행했다는 점이다. 이렇게 학파와 서원의 전개사가 분리될 수 없는 것이라면 서원의 역사는 학파의 전개과정을 읽어내는 주요한 소재가 될 수 있는 것이다. 따라서 학파활동을 이해하기 위해 서원의 건립현황과 시공간적인 분포 그리고 제향인물의 성격 등을 통해 남명학파의 전개와 연계된 남명학파 서원의 특징을 확인할 수 있을 것으로 기대된다. 따라서 다음과 같은 네 가지 측면을 중심으로 남명학파 서원을 살펴봄으로써 그 서원들이 드러내 보여주는 특징에는 어떤 것이 있는지 확인해 보자.

① 남명학파 서원의 전체 숫자
② 시기별 서원건립과 사액서원의 분포
③ 서원의 지역적인 분포
④ 서원의 제향인물

전체 숫자

먼저 남명학파 서원의 전체 숫자와 관련해 어떤 특징이 드러나고 있는지 살펴보자. 앞의 [표 1]에 따르면 조선시대에 건립된 서원은 최소 909개에서 최대 1721개에 이른다. 그런데 이처럼 많은 서원 가운데, 남명학파의 서원은 [표 2]에서 확인되듯 35개로 확인된다. 모든 서원이 도학서원이 아니고, 따라서 특정학파에 소속될 수 있는 것은 아니라고 하더라도, 남명학파와 거의 동시대에 형성되었던 퇴계학파나 율곡학파 서원의 대략적인 숫자와 비교해 보더라도, 이 35개 서원의 숫자는 결코 많다고 할 수 없는 것이다. 다른 학파, 특히 같은 영남지역에서 활동한 퇴계학파와 비교할 때 남명학파 서원의 전체 숫자는 더욱 대비되는 모습을 보여준다. 이점은 학파활동의 중심지역, 곧 영남과 기호지역이 아닌 강원도의 서원분포에서도 확인된다. 아래 [표 3]은 강원도의 서원을 학파별로 분류한 것으로, 대략적인 상황을 반영해 보여준다고 생각된다.

[표 3] 강원도의 서원분포[18]

번호	지역	서원	제향인물	성격
1	강원	경행서원	김효원, 허목	도학서원(남명)
2		구봉서원	박항	관료서원
3		노동서원	최충, 최유선	관료서원
4		도천서원	허후, 김창일	도학서원(퇴계)
5		도포서원	신숭겸, 신흠, 김경직	관료서원
6		동명서원	조인벽, 조사	관료서원
7		문암서원	김주, 이황, 이정향, 조동	도학서원(퇴계)
8		산양서원	황희	관료서원
9		송담서원	이이	도학서원(율곡)
10		오봉서원	공자, 주희, 송시열	도학서원(율곡)
11		용산서원	이세필	관료서원
12		장열서원	이제현	관료서원
13		창절서원	박팽년, 성삼문, 이개, 유성원, 하위지, 유응부, 김시습, 남효온, 박심문, 엄흥도	충절서원
14		충열서원	홍명구	충절서원
15		칠봉서원	원천석, 원호, 정종영, 한백겸	관료서원
16		풍암서원	이색, 김인후	도학서원(사림)
17		한천서원	이이, 한원진, 박주순, 홍인현	도학서원(율곡)

위의 표에서 관료서원이나 문중서원을 제외하고 도학
서원을 중심으로 그 소속 학파를 분류했을 때 전체 7개
도학서원은 율곡학파 3: 퇴계학파 2: 남명학파 1: 사림
1의 비율이 확인되고 있는 것이다. 경행서원에서 제향하
고 있는 김효원과 허목을 남명학파에 소속시키는 것이
논란의 여지가 있다는 점은 무시하더라도, 강원도 지역
이 율곡과 퇴계학파의 중심 활동 지역이 아니기에 그래
도 이 정도의 비율을 보여준다고 볼 수 있을 것이다. 대

체적으로 본다면 남명학파의 서원은 전체 숫자에 있어서 상대적으로 비율이 낮다는 사실만은 분명하게 확인된다.

시기별 서원의 분포

다음으로 아래의 [표 4]와 같이 시기별로 건립된 서원의 분포를 살펴보면 서원의 숫자가 특정시기에 편중되어 있다는 점 역시 확연하게 드러나고 있는데, 이것은 사액서원의 시기별 분포와도 일치하고 있다. 18세기에 건립된 서원이 비록 7개에 이르지만, 구체적으로 살펴보면 그 서원 모두가 18세기 초반인 1730년 이전에 건립되었다는 사실도 주목된다. 이러한 사실에서 본다면 남명학파 서원 35개 서원의 대부분이라고 할 수 있는 32개가 1730년 이전에 건립되었던 셈이다. 그리고 사액서원 역시 대부분 1730년 이전에 사액되었고, 그 이후에 사액된 서원은 1개에 불과하다. 1730년 이후로 접어들면서 남명학파 서원의 건립뿐만 아니라, 사액되는 서원의 숫자 또한 현격하게 줄어들었다. 여기에서 남명학파에게 18세기 초반, 특히 1730년 전후는 큰 변화와 학파 활동에 있어서 중요한 전환점이 되고 있음이 단적으로 확인되고 있는 것이다. 남명학파가 어느 시기에 가장 흥성한 모습을 보여주었고, 또 언제부터 또 어떤 계기가 학파 활동의 전환점이 되었는지 바로 이러한 분포에서 읽을 수 있는 것이다.

[표 4] 남명학파 서원의 시기별 분포

	16C	17C	18C	19C	20C	합계
건립된 서원	4	21	7	2	1	35
사액서원 건립시기	3	7	0	0	0	10
사액서원 사액시기	0	8	2	0	0	10

지역적인 분포

이러한 시기별 분포에서 이미 남명학파의 전체 전개과
정과 서원의 상관관계가 상당부분 드러나고 있지만, [표
5]처럼 정리된 서원의 지역적인 분포에서도 남명학파의
서원이 가진 몇 가지 특징을 확인할 수 있다.

이 [표 5]에 따르면, 남명학파의 서원은 경상도, 충청
도 그리고 강원도에 걸쳐 분포되어 있지만, 사실상 대부
분의 서원은 경상도 그 중에서도 경상우도에 집중되어
있음이 확인된다. 그리고 경상우도 가운데서도 특히 산
청과 합천, 진주, 하동이 조식을 비롯한 남명학파 활동의
중심지였음을 이 분포에서 확인할 수 있다. 이러한 서원
의 지역별 분포는 남명학파의 영향권역을 단적으로 보여
주고 있으며, 이것에서 남명학파의 활동영역 역시 충분
히 읽어낼 수 있다.

[표 5] 서원의 지역별 분포

소재지			서원	
경상도	경상남도	산청	덕천서원, 서계서원, 완계서원, 청곡서원, 목계서원(두릉서원)	5
		합천	청계서원, 용암서원, 용연서원, 고암서원, 이계서원	5
		진주	대각서원, 정강서원, 임천서원	3
		하동	종천서원, 인천서원, 옥동서원	3
		함안	도림서원, 송정서원	2
		김해	신산서원	1
		창원	회원서원	1
		사천	금릉서원	1
		창녕	관산서원	1
		거창	용원서원	1
		의령	낙산서원	1
	경상북도	성주	회연서원, 신계사, 청천서원	3
		대구	예연서원	1
		칠곡	사양서원	1
		고령	도암사	1
		봉화	도연서원	1
		예천	도정서원	1
충청도		청주	봉계서원	1
		옥천	삼양서원	1
강원도		동해	경행서원	1
총계				35

제향인물

마지막으로 남명학파의 서원에 제향되는 인물과 각 서원을 연결해서 살펴보면 아래 [표 6]과 같다.

[표 6] 인물과 제향서원(생년순)

	남명학파의 인물	제향 서원	
1	조식曺植(南冥, 1501~1572)	덕천서원, 용암서원, 신산서원(배산서원)	3(1)
2	이제신李濟臣(陶丘, 1510~1582)	정강서원	1
3	심일삼沈日三(月溪, 1615~ ?)	이계서원(명곡서원)	1(1)
4	송사이宋師頤(新淵, 1519~1592)	회연서원	1
5	오건吳健(德溪, 1521~1574)	서계서원	1
6	이준민李俊民(新菴, 1524~1590)	임천서원	1
7	정탁鄭琢(藥圃, 1526~1605)	도정서원	1
8	전치원全致遠(濯溪, 1527~1596)	천곡서원	1
9	노흠盧欽(立齋, 1527~1601)	고암서원	1
10	최영경崔永慶(守愚堂, 1529~1590)	덕천서원, 옥동서원	2
11	이조李晁(桐谷, 1530~1580)	목계서원(안산서원)	1(1)
12	김대명金大鳴(白巖, 1536~1603)	대각서원	1
13	박제인朴齊仁(篁巖, 1536~1618)	도림서원	1
14	이염李琰(雲塘, 1538~1588)	정강서원	1
15	하항河沆(覺齋, 1538~1590)	대각서원	1
16	이천경李天慶(日新堂, 1538~1610)	청곡서원	1
17	김우옹金宇顒(東岡, 1540~1603)	회연서원, 봉계서원, 청천서원	3
18	하응도河應圖(寧無成, 1540~1610)	대각서원	1
19	하천주河天澍(新溪, 1540~?)	정강서원	1
20	김면金沔(松菴, 1541~1593)	도암사	1
21	이정李瀞(茅村, 1541~1613)	도림서원, 대각서원	2
22	김효원金孝元(省庵, 1542~1590)	경행서원	1
23	이노李魯(松巖, 1544~1598)	낙산서원	1
24	진극경陳克敬(栢谷, 1546~1617)	정강서원	1
25	유종지柳宗智(潮溪, 1546~1589)	대각서원	1
26	성여신成汝信(浮查, 1546~1632)	임천서원(물계서원)	1(1)
27	오한吳僩(守吾堂, 1546~1589)	서계서원	

28	정구鄭逑(寒岡, 1543~1620)	관산서원, 회연서원, 회원서원, 사양서원, 도림서원, 삼양서원, 도연서원(운곡서원), 천곡서원, 연경서원, 도동서원, 천안도동서원, 도원서원, 반고서원)	7(7)
29	이대기李大期(雪壑, 1551~1628)	천곡서원	1
30	곽재우郭再祐(忘憂堂, 1552~1617)	예연서원	1
31	이승李承(晴暉堂, 1552~1598)	신계사	1
32	하수일河受一(松亭, 1553~1612)	대각서원	1
33	문위文緯(茅谿, 1554~1631)	용원서원	1
34	최기필崔琦弼(茅山, 1562~1593)	인천서원(충민사)	1(1)
35	하징河憕(滄洲, 1563~1624)	임천서원	1
36	오장吳長(思湖, 1565~1617)	서계서원	1
37	박민朴敏(凌虛, 1566~1630)	정강서원	1
38	정온鄭蘊(桐溪, 1569~1641)	정강서원(남계서원, 용문서원, 귤림서원, 현절사)	1(4)
39	박문영朴文楧(龍湖, 1570~1623)	서계서원	1
40	문후文後(練江齋, 1574~1644)	금릉서원	1
41	권도權濤(東溪, 1575~1644)	완계서원(도천서원)	1(1)
42	박인朴絪(无悶堂, 1583~1640)	용연서원	1
43	권극량權克亮(東山, 1584~1631)	완계서원	1
44	조임도趙任道(澗松, 1585~1664)	송정서원	1
45	임진부林眞怤(九曲老夫, 1586~1658)	고암서원	1
46	한몽삼韓夢參(釣隱, 1589~1662)	임천서원	1
47	심자광沈自光(松湖, 1592~1636)	이계서원	1
48	하홍도河弘度(謙齋, 1593~1666)	종천서원	1
49	하진河溍(台溪, 1597~1658)	종천서원	1
50	최탁崔濯(竹塘, 1598~1645)	인천서원	1
51	손천우孫天佑(撫松, ?~1594)	대각서원	1

위의 [표 5]의 구분에 따르면 전체 35개 남명학파의 서원에는 남명학파의 인물 51인이 제향되고 있는 것으로 확인된다. ( )로 표시된 서원은 앞에서 남명학파로 분류되지는 않았지만 남명학파의 인물이 제향되고 있는 서원을 가리키고, ( )안은 그 서원의 숫자를 표기한 것이다. 순수하게 남명학파의 서원으로 분류된 서원에서 보자면 조식, 최영경, 김우옹, 정구, 이정 등이 2개 이상의 서원에서 제향되고 있는데, 그 중에서 정구가 가장 많은 7개, 조식이 3개의 서원에서 각각 제향되고 있다. 전반적으로 조선 후기 문제가 되었던 첩설과 남설의 문제는 남명학파의 서원에서는 상대적으로 두드러지지 않는 것으로 이해된다.

아래 [표 7]은 『덕천사우연원록』에 등재되어 있는 인물로 서원에 제향은 되고 있지만, 그 서원의 주향이 남명학파의 인물이 아니어서 남명학파의 서원에서 제외된 경우를 가리킨다.

[표 6]과 [표 7]을 합쳐서 볼 때, 확인되는 또 다른 하나의 새로운 정보는 제향되고 있는 인물들의 대체적인 생존연대이다. 『덕천사우연원록』에 등재되어 있는 인물들의 생존연대가 하대명河大明(寒溪, 1691~1761)이나 김돈金墩(默齋, 1702~1772) 등과 같이 18세기 중반까지 이어지고 있다는 점과 비교해 볼 때 여기에서도 중요한 하나의 사실이 확인된다. 즉 서원에 제향되고 있는 인물들

[표 7] 인물과 제향서원(생년순)

	남명학파의 인물	제향되는 서원	
1	강익姜翼(介庵, 1523~1567)	남계서원	
2	김우굉金宇宏(開岩, 1524~1590)	속수서원	
3	문익성文益成(玉洞, 1526~1584)	도연서원	
4	권문임權文任(源塘, 1528~1580)	문산서원	
5	이광우李光友(竹閣, 1529~1619)	배산서원	
6	곽율郭趪(禮谷, 1531~1593)	도동서원	
7	이순인李純仁(孤潭, 1533~1592)	봉곡서원	
8	조종도趙宗道(大笑軒, 1537~1597)	황암서원, 덕암서원, 경림서원	3
9	하혼河渾(暮軒, 1548~1620)	신천서원	
10	최여설崔汝契(梅軒, 1551~1611)	문연서원	
11	배형원裵亨遠(汀谷, 1552~ ?)	명곡서원	
12	성안의成安義(芙蓉堂, 1561~1629)	연암서원	
13	강익문姜翼文(戇菴, 1568~1648)	명곡서원	

의 생존연대가 17세기 중반을 넘지 않는다는 점에서 어떤 형태로든 17세기 후반으로 접어들면서 남명학파의 위상이나 역량이 현격하게 위축되기 시작하였다고 이해할 수 있는 것이다.

드러난 특징들

앞에서 네 가지 측면, 곧 남명학파의 전체 서원 현황, 남명학파 서원의 시기별·지역별 분포 그리고 제향되는 인물별 서원을 연결하여 살펴봄으로써 대체로 다음과 같은 남명학파 서원의 특징이 확인된다.

① 전체 서원 숫자와 비교할 때, 남명학파의 서원은 낮은 점유율을 보여주고 있다.

② 남명학파 서원 35개 가운데 32개 서원이 무신난 이전에 건립되었다.

③ 사액서원은 대부분 17세기에 사액되었다.

④ 대원군의 서원철폐령 때 훼철되지 않은 서원이 없다.

⑤ 남명학파의 사액서원에서 주향되는 인물은 조식 외에 오건, 곽재우, 정구 등 4인이다.

⑥ 남명학파의 서원은 경상도 그 중에서도 경상우도에 집중되어 있다.

⑦ 남명학파의 서원에서 보자면 조식과 그의 문인 51인이 모두 35개 서원에 제향되고 있으며, 그 중에서 조식, 최영경, 김우옹, 정구, 이정 등이 2곳 이상의 서원에서 제향되고 있다.

⑧ 『덕천사우연원록』에 등재되어 있는 인물 가운데 어떤 서원에서든 제향되고 있는 인물은 모두 64인으로 이들이 제향되고 있는 서원은 모두 62개이다.

특징은 어디로부터?

앞에서 우리는 '남명학파'와 '남명학파의 서원'에 대한 규정에서 시작하여 남명학파 서원의 현황과 함께 그 특징을 살펴보았다. 그리고 이러한 특징으로부터 자연스럽게 다음과 같은 몇 가지 의문이 제기된다. 즉 다른 학파와 비교할 때 왜 남명학파 서원의 숫자는 이렇듯 열세인가? 왜 18세기 초반 이전에 서원 건립이 편중되어 있으며, 사액서원은 17세기 이전에 집중되어 있는가? 그리고 여기에 더해서 일반적으로 남명학파의 특징으로 경의사상을 조식의 핵심사상으로 이해하고, 그것을 계승하고 있다는 점, 문집 분량이 적다는 점, 이론적 탐구와 유관한 글이 거의 없다는 점, 그리고 현실비판 정신이 강하다는 점을 들고 있다.[19] 그런데 이러한 남명학파의 일반적인 특징과 남명학파 서원이 보여주는 특징은 서로 어떤 관련을 가지며 연결되고 있는가?

서원 건립에 대한 조식의 태도

이러한 의문에 대해 조식 본인이 서원건립에 대해 그다지 적극적인 태도를 보여주지 않았다는 점부터 살펴보자. 잘 알려져 있듯, 조식이 생존해 있을 때 강우지역 최초의 서원인 함양의 남계서원이 1552년에 건립되었다. 이 때 강익을 비롯한 서원 건립을 주도한 몇몇 인물들은 조식의 문인이거나 그와 개인적으로 친분을 맺고 있던 인물이었다. 그런데 서원의 건립과정 뿐만 아니라, 서원 건립 이후의 운영과 관리에도 조식과 그의 주요 문인들은 적극적으로 참여하지 않은 것으로 확인된다.[20] 뿐만 아니라 『남명집』에 근거해 본다면, 조식이 서원이라는 용

역동서원

어를 사용한 것은 단 두 차례에 불과하고, 그 내용도 그
저 평범한 언급에 불과할 뿐이다.

이것은 서원 건립운동을 적극적으로 펼친 동갑내기 이
황과 대비된다. 이황의 『퇴계집』에서는 모두 155회에 걸
쳐 서원에 대해 언급하고 하고 있으며, 주세붕이 세운 백
운동서원을 소수서원으로 사액하는데 노력하였을 뿐만
아니라, 제자들과 함께 안동을 비롯한 경상도 각 지역에
서원 건립운동을 펼치고, 또 수 많은 편지에서 서원을 건
립하도록 문인들을 독려하고 있다는 점에서 양자는 분명

한 차이점을 보여주고 있다. 뿐만 아니라 이황은 이산伊山, 영봉迎鳳, 역동서원易東書院 등의 서원기와 함께 많은 서원의 봉안문, 제문 등을 지었고, 특히 역동서원의 경우에는 당堂과 재齋의 이름을 모두 직접 짓기도 하였다. 이 외에도 서원을 소재로 하는 수 십 편의 시와 부를 지었다.[21] 이러한 이황의 태도에서 보자면 서원 건립에 대해 조식이 적극적으로 반대하지는 않았다고 하더라도, 최소한 별 관심을 기울이지 않았다는 사실은 분명 드러나고 있는 것이다.

그렇다면 조식은 왜 서원 건립에 그다지 관심을 기울이지 않았을까? 이 물음에 대한 직접적인 답을 그가 남긴 문헌이나 언행 속에서 찾아 볼 수는 없다. 다만 그의 삶과 학문적 지향에서 유추해 본다면 남명학 혹은 남명학파가 보여주고 있는 강한 실천적 지향과 무관하지 않다고 생각된다. 남명학파가 보여주는 일반적인 특징에서 드러나듯, 남명학파는 다른 학파에 비해 시문집의 분량이 현저히 적고, 또 성리학에 대해 이론적으로 접근한 글이 아주 드물 만큼 강한 실천적 지향을 보여주고 있다. 시문집의 분량이 적다는 사실에서 시문을 쓰는 것조차 실천적 지향에 방해가 된다는 생각을 읽을 수도 있다. 따라서 이들에게 주세붕에서 이황으로 이어진 서원건립운동이 성리학의 실천적 특징을 상실해가는 성리학의 이론화 경향의 한 축으로 이해되었다면, 서원건립에 적극적으로 참여하지 않거나 혹은 서원 건립에 별 관심을 기울이지 않은 것이 자연스럽게 이해되는 것이다. 산천재와 같은 곳에서도 충분히 강학을 진행할 수 있는데 굳이 서원과 같은 새로운 기구를 다시 세울 필요가 없다고 생각했을 수도 있을 것이다. 그리고 바로 여기에서 우리는 남명학파 서원의 전개사가 결코 남명학파가 보여주는 강한 실천적인 특징과 무관하지 않다는 사실을 짐작할 수 있다. 또한 다른 학파와 비교할 때 왜 남명학파 서원의 숫자가 이렇듯 열세인지도 이해할 수 있게 된다.

남명학파의 정치적 위상과 남명학파의 서원

그리고 다른 문제, 곧 시기별로 18세기, 특히 무신난 이전에 서원 건립과 사액서원이 편중되어 있는 것이라든지, 지역적으로 경상우도를 크게 벗어나지 못한 것, 대원군의 서원철폐령 때 하나도 남김없이 모든 서원이 훼철되었다는 점, 다른 학파의 서원들에게서 쉽게 확인되는 광범위한 첩설의 폐해가 그다지 두드러지지 않는 점 등은 남명학파의 정치적 위상을 통해 이해할 수 있다고 판단된다. 인조반정을 시작으로 무신난을 거치며 전개된 남명학파의 정치적 몰락은 이러한 문제에 대한 충분한 답이 될 수 있을 것이다.

주지하듯 남명학파는 임진왜란 기간 동안 활발한 의병 활동으로 정치적 발언권을 확장하였고, 1608년 광해군의 즉위와 1613년의 계축옥사癸丑獄事를 거친 이후에 중앙 정치권력을 확실히 장악하였다. 이렇게 정치 세력화된 남명학파는 북인北人 정권으로, 그 안에서도 대북大北과 중북中北 등의 계파를 형성하고 있었다. 하지만 1623년 인조반정이 일어남으로써 중앙정계에서 북인은 도태되기 시작하였고, 그로부터 100여년이 지난 1728년의 무신난을 통해 최후의 심각한 타격을 입게 됨으로써 남명학파와 그 정치적 세력이었던 북인정권은 역사 속에서 사라졌다. 그리고 이러한 남명학파의 정치적 타격은 곧바로 서원 전개사에도 그대로 반영되어 앞에 제시된 특징들이 나타났던 것이다.

전체적으로 본다면 남명학파 서원의 전개사는 남명학파가 보여준 강한 실천 지향의 학문적 특징과 남명학파의 정치적 위상이라는 두 가지 측면으로부터 강한 영향을 받았다고 이해된다. 그리고 서원을 통해서 남명학파의 전개과정을 어느 정도 그려볼 수 있다는 측면에서, 학문적인 특징이나 사승 등과 함께 서원은 남명학파를 이해할 수 있는 요소 가운데 하나임이 확인된다. 특히 18세기 이후 강우지역에서 남명학파의 존속여부에 대한 다양한 의견에 대해 남명학파의 서원이 보여주고 있는 이와 같은 특징은 시사하는 바가 있다. 즉 조선후기 학파활동의 주요한 지역 거점 역할을 서원이 담당하였다는 측면에서 보자면 18세기 이래 남명학파에서는 이러한 지역 거점을 확보하고 유지하기 위한 노력을 기울이지 않았거나 기울일 수 없었다는 점에서 이미 학파의 존재를 긍정하기 어려운 처지였다고 볼 수 있다. 최소한 무신난 이후 건립되는 서원과 사액서원의 숫자에서 보자면 남명학파는 더 이상 학문공동체의 모습으로 존속되었다고 보기 어려운 것이다.

한계와 의의

하지만 서원을 통한 남명학파의 이해는 다음과 같은 한계를 가지기도 한다. 즉 서원과 무관하거나 서원의 전개사에서 빗겨서 있는 성리학자나 성리학의 전개에 접근할 수 없다는 점이다. 예를 들어 일부 학자들이 주장하는 것처럼 활발하게 서원건립을 추진하지는 않았지만 여전히 나름 적극적으로 활동한 18세기 이래 남명학파 후예들의 경우 서원을 통해서는 그 활동양상을 충분히 확인하거나 보여주지 못하고 있는 것이다. 그렇지만 이러한 한계에도 불구하고 남명학파의 서원에 대한 연구는 남명학 혹은 남명학파의 성리학적 특징에 대한 연구와 불가분의 관계를 가진다고 생각된다. 그 만큼 서원은 성리학의 전개와 밀접한 관계를 맺고 있을 뿐만 아니라, 지역에서 성리학의 영향관계를 충실히 반영해 보여주는 거울과도 같은 것이기 때문이다. 따라서 서원을 통한 남명학파의 이해가 가지는 일정한 한계를 전제한 상태에서,

남명학파를 이해하는 보조적인 틀로 서원을 바라볼 수 있다면 그것 나름의 의미와 가치를 충분히 가질 수 있다고 판단된다.

제2부

남명학파의 서원들(건립 연도순)

이제 남명학파의 서원 하나 하나에 대해 간단한 연혁과 함께 제향되고 있는 남명학파의 인물들을 중심으로 살펴보자. 다만 제향되는 인물 가운데 여러 서원에 중복해서 제향되는 경우, 맨 처음 등장하는 서원에서 한번 살펴보는 것으로 제한하고, 이후에는 설명을 생략한다.

I. 청계서원 靑溪書院

○ 건립연도 : 1564년

○ 제향인물 : 이희안李希顔, 전치원全致遠, 이대기李大期

○ 소재지 : 경상남도 합천군 율곡면 내천리 313

○ 연혁 및 현황

처음 조식의 종유인인 이희안李希顔(黃江, 1504~1559)
을 제향하였지만, 임진왜란 후 전란에서 공을 세운 전치
원全致遠(濯溪, 1527~1596)과 이대기李大期(雪壑, 1527~
1596)를 추가로 제향하였다. 현재는 청계서원이라는 현
판이 걸려있는 맞배지붕 정면 5칸의 강당과 대문간만 남
아 있다. 특히 서원이 있는 내천리는 대통령을 지낸 전
두환의 생가가 있는 마을이기도 하다.

○ 관련 인물

주벽인 이희안의 본관은 합천이고, 자는 우옹愚翁이
며, 초계(현재의 합천)출신이다. 1554년에 유일로 천거되
어 고령현감으로 부임하였지만 곧 사직하였고, 또 군자
감판관에 제수되었지만 사직한 후, 고향에서 조식과 교
유하며 학문에 힘썼던 것으로 전한다.

전치원의 자는 사의士毅이고, 역시 초계草溪 출신이다.

청계서원

이희안뿐만 아니라, 조식의 문하에서도 수학하였고, 1592년(선조 25) 임진왜란이 일어나자 66세의 나이로 의병을 일으켜 곽재우, 김면 등과 연합하여 활동하였다. 이 공으로 사근찰방沙斤察訪에 제수되었으나 관직에 오르지는 않았다. 저술인『변평천옥희실기卞坪川玉希實記』와『임계난리록壬癸亂離錄』이 있고, 문집으로『탁계집』이 전한다.

이대기의 자는 임중任重이고 그 역시 초계에서 태어났다. 임진왜란 때에 정인홍의 휘하에서 공을 세워 장원서 별제掌苑署別提가 되었다. 이어서 1599년에는 형조정랑, 이듬해에는 영덕현령, 1608년에는 청풍군수 등을 거쳐

함양군수로 재직하던 중, 문경호의 신원伸寃을 요구하는
통문을 돌렸다는 이유로 백령도에 유배되었다. 인조반정
후 간성군수로 임명되었지만 사직하였다. 저술에 『백령
지白翎志』와 『허와기虛窩記』, 『설학소문雪壑謏聞』이 있다.

2. 덕천서원德川書院

o 건립연도 : 1602년

o 사액연도 : 1609년

o 제향인물 : 조식曺植, 최영경崔永慶

o 소재지 : 경상남도 산청군 시천면 원리 222-3번지

o 연혁 및 현황

1576년에 건립된 후, 임진왜란 때에 소실된 것을 1602
년에 중건하였고, 1609년(광해군 1)에 사액되었다. 그 뒤
대원군의 서원철폐령으로 1870년에 훼철되었던 것을
1920년대에 지방의 유림에 의해 다시 복설되었다. 조
식曺植(南冥, 1501~1572)을 주벽으로 하고, 최영경崔永慶(守
愚堂, 1529~1590)을 배향하고 있다.

입구의 홍살문을 지나 정면 3칸, 측면 1칸 맞배지붕의
솟을삼문인 시정문時靜門을 들어서면 정면에 강당인 경
의당敬義堂이 있고 그 앞 좌우에 동재東齋와 서재西齋가
배치되어 있다. '덕천서원德川書院'이라는 현판이 걸려있
는 경의당은 서원의 중심 건물로 정면 5칸, 측면 2칸의
팔작지붕이다. 이 경의당 뒤쪽에 사당인 숭덕사崇德祠가
있는데 정면 3칸, 측면 1칸의 맞배지붕으로 주벽인 조식
과 최영경의 위패가 모셔져 있다.

덕천서원

○ 관련 인물

　주벽인 조식의 본관은 창녕昌寧이고, 자는 건중楗仲이
며, 시호는 문정文貞이다. 1501년(연산군 7) 삼가현三嘉縣
(지금의 합천군) 토동兎洞 외가에서 출생하였다. 20대 중반
까지는 한양에서 생활하며 학문에 힘썼고, 30세를 전후
하여 처향인 김해 탄동으로 옮겨 산해정을 짓고 학문에
정진하였다. 45세 때에 삼가현으로 돌아와 계복당鷄伏
堂과 뇌룡정雷龍亭을 짓고 제자들을 육성하다가, 1561년
에는 다시 덕산德山(지금의 산청군 시천면)으로 이거하여
산천재山天齋를 짓고 그곳에서 강학에 힘썼다. 헌릉참
봉獻陵參奉, 전생서주부典牲署主簿, 단성현감, 조지서사

지造紙署司紙, 상서원판관尚瑞院判官 등의 관직에 임명되
었으나 모두 나아가지 않았다. 문집인 『남명집』과 『학기
유편學記類編』이 있다.

최영경의 본관은 화순和順이고, 자는 효원孝元으로 한
양에서 출생하였다. 조식曺植의 문인으로, 그 역시 여러
차례 관직에 임명되었으나 사퇴하고 나가지 않다가
1584년(선조 17) 교정청낭관校正廳郞官이 되어 『경서훈
해經書訓解』의 교정校正에 참여한 후 곧 사퇴하였다.
1589년(선조 22) 정여립鄭汝立사건 때 투옥되어 옥사獄
死하였지만, 신원伸寃되어 대사헌大司憲에 추증되었다.

3. 신산서원新山書院

o 건립연도 : 1609년

o 사액연도 : 1609년

o 제향인물 : 조식, 신계성申季誠

o 소재지 : 경상남도 김해시 대동면 주동리 737

o 연혁 및 현황

조식 사후 1589년에 부사府使 하진보河晉寶를 중심으로 산해정 동쪽에 서원을 건립하기 시작하였으나 완공하지 못하고 1592년 임진왜란이 일어나자 짓고 있던 서원이 소실되었다. 1609년에 황세열黃世烈, 허경許景 등이 산해정 터에 신산서원을 완공한 후, 그해에 사액되었다. 1616년에 신계성申季誠(松溪, 1499~1562)이 함께 제향되었고, 1830년에는 산해정 역시 중건되었지만, 1871년 철폐령에 의해 신산서원과 산해정이 훼철되었다. 1890년에 다시 산해정이 중건된 후, 1921년과 1946년, 1970~1971년의 중수과정을 거쳐, 1999년 마침내 신산서원이 지금의 모습으로 복원되었다.

o 관련 인물

조식과 함께 제향되고 있는 신계성의 본관은 평산이

신산서원

며, 밀양 삽포리 출생으로, 박영朴英의 문인이다. 조식,
이희안, 김대유, 성수침 등과 왕래하였으며, 저서로『송
계실기松溪實記』가 전하고 있다.

4. 금릉서원金陵書院

○ 건립연도 : 1602년

○ 제향인물 : 문후文後

○ 소재지 : 경상남도 사천시 곤명면 금성리 375번지

금릉서원

서원으로 남명학파를 보다

o 연혁 및 현황

금릉서원은 문후文後(練江齋, 1574~1644)를 제향하는
서원이다. 본래 송로정送老亭이 있었지만, 1602년 문후
가 강학하는 장소로 사용하기 위해 중수하면서 연강정練
江亭이라 이름붙인 것에서 기원하고 있다. 현재의 건물
은 1991년에 중건한 것으로 중심 건물인 연강정과 함께
사당인 금릉사金陵祠, 삼락재三樂齋 등이 있다.

o 관련 인물

문후의 본관은 남평이고, 자는 행선行先으로 문익점의
8대손이다. 평생 관직에 나가지 않았으며, 저서로『역학
회통易學會通』5편, 『사례촬고四禮撮考』 4권, 『유거록幽居
錄』, 『동영지東瀛志』 2권 등이 있었다고 전해지지만, 현재
남아있지는 않는다. 사후 통훈대부 군자감정에 추증되
었다.

5. 용암서원龍岩書院

○ 건립연도 : 1603년
○ 사액연도 : 1609년
○ 제향인물 : 조식
○ 소재지 : 경상남도 합천군 삼가면 외토리

용암서원

o 연혁 및 현황

용암서원은 1603년 조식의 학문과 덕행을 추모하기 위해 창건한 후, 1609년 사액서원이 되었지만, 대원군의 서원철폐령에 의해 1868년 훼철되었다. 그 뒤 서원은 복원되지 못하고, 서원터에는 1812년에 세웠던 묘정비만 남아 있다가 합천댐 공사로 서원터 마저 수몰되자, 이 묘정비는 1988년 경상남도 합천군 용주면 죽죽리 산26번지로 옮겼다. 이와 별도로 용암서원은 2007년 4월 조식이 태어난 합천군 삼가면 외토리에 중건되었다.

o 관련 인물

조식에 대한 설명은 덕천서원 설명 참조.

6. 서계서원西溪書院

o 건립연도 : 1606년

o 사액연도 : 1677년

o 제향인물 : 오건吳健, 오한吳僩, 오장吳長, 박문영朴文楧

o 소재지 : 경상남도 산청군 산청읍 지리 518번지

o 연혁 및 현황

1606년에 정구를 비롯한 지역 유림이 주축이 되어 창건하였다. 1677년 사액되었지만, 1868년 서원철폐령에 의해 훼철된 후 1921년에 다시 복원하였다. 사당인 창덕사彰德祠에는 오건吳健(德溪, 1521~1574)을 주향主享으로 오한吳僩(守吳堂, 1546~1589)과 오장吳長(思湖, ?~1616), 박문영朴文楧(龍湖, 1570~1623)을 제향하고 있다.

솟을대문인 입덕루를 들어서면 좌우에 동재와 서재가, 중앙에 강당이 자리잡고 있다. 강당 오른쪽으로 평행하게 덕천재가 위치해 있고, 그 덕천재 앞으로 장판각과 비각이 또 다른 하나의 축을 형성하며 자리잡고 있다. 사당인 창덕사는 강당 뒤 몇 개의 계단 위에 위치해 있다. 이곳에서 오건의 문집인『덕계집德溪集』과 오장의 문집인 『사호집思湖集』이 발간된 까닭에 장판각에는 이들 책판

서계서원

132매가 보관되고 있다.

○ 관련 인물

주벽인 오건의 본관은 함양咸陽이고 자는 자강子强이
다. 1552년 진사를 거쳐 1558년 식년문과에 급제하였
고, 1567년 정언正言을 거쳐 1571년 이조좌랑吏曹佐郎으
로 춘추관 기사관을 겸하고 『명종실록明宗實錄』 편찬에
참여하였다. 이듬해 사직하고 낙향해 독서와 집필로
여생을 보냈다. 저서에 『덕계집』, 『정묘일기丁卯日記』

가 있다.

오한의 자는 의숙毅叔으로 오건의 종제從弟이다. 어려서 종형從兄 오건에게 글을 배웠고, 후에 조식의 문하에서 수학하였다. 만년에는 진주 모곡茅谷으로 이주하여 강학하였다. 저서로『수오당실기守吳堂實記』가 있다.

오장은 오건의 아들로 임진왜란 때에 의병으로 활약하였고, 1595년 진안현감이 되었다가 1610년(광해군 2) 식년문과에 병과로 급제하였다. 그 뒤 정언正言을 거쳐 경성판관을 지냈으며, 1613년 대북세력과 각축을 벌이다가 삭직당한 뒤 낙향하였다. 1614년 정온鄭蘊이 제주로 유배되자 유생들과 함께 반대상소를 하였다가 토산兎山으로 유배된 후, 그곳에서 사망하였다. 문집인『사호집』이 있으며, 인조반정 후 승지에 추증되었다.

박문영의 자는 군수君秀이고, 임진왜란 때 의병으로 활약하였다. 문집『용호집龍湖集』이 있다.

7. 대각서원大覺書院

o 건립연도 : 1610년

o 제향인물 : 하항河沆, 손천우孫天祐, 김대명金大鳴, 하
　　　　　　응도河應圖, 이정李瀞, 유종지柳宗智, 하수
　　　　　　일河受一

o 소재지 : 경상남도 진주시 수곡면 사곡리 518번지

o 연혁 및 현황

　지역 유림이 처음에는 하항河沆(覺齋, 1538~1590)을
모시기 위한 대각사를 지었다가 후에 손천우孫天祐(撫
松, 1533~1594), 김대명金大鳴(白巖, 1536~1593), 하응
도河應圖(寧無成, 1540~?), 이정李瀞(茅村, 1541~1613), 유
종지柳宗智(潮溪, 1546~1589), 하수일河受一(松亭, 1553~
1612)을 추가로 배향하였다. 덕천서원 건립이후 진주 지
역에서 가장 먼저 세워진 서원이지만, 서원철폐령으로
1869년 훼철되었다가 1947년 지역 유림에 의해 현재의
모습으로 복원되었다.

o 관련 인물

　주벽인 하항의 본관은 진주晉州이고, 자는 호원灝源이
다. 진주 수곡리水谷里 출생으로 1567년(명종 22) 사마시司

대각서원

馬試에 합격한 후, 천거로 참봉에 임명되었으나 부임하지 않았다. 조식이 사망한 후 덕천서원을 건립하는데 큰역할을 담당하였다. 문집인『각재집覺齋集』이 있다.

손천우의 본관은 밀양密陽이고, 자는 군필君弼이다. 그는 조식이 만년에 삼가三嘉에서 덕산德山으로 이거한후 문하로 들어갔고, 덕천서원을 창건하는 일에도 참여하였다.

김대명의 본관은 울주蔚州이고, 자는 성원聲遠이다. 1558년(명종 13) 생원이 되고, 1570년 식년문과에 장원하여 도사都事를 거쳐 풍기군수를 지냈다. 그 뒤 사직하고 낙향하여 후진을 양성하였다. 임진왜란이 일어나자 고성의 의병들과 함께 활약하였다.

하응도의 본관은 진주晋州이고, 자는 원룡元龍이다. 1573년 사마시에 합격한 후 천거로 소촌도찰방召村道察訪에 임명되었다. 1593년(선조 26) 왜군에게 함락된 진주의 판관이 되어 흩어진 민심을 수습하였고, 그 뒤 1596년(선조 29)의 정개성별장鼎蓋城別將, 이듬해 장원서별좌掌苑署別座·사근도찰방沙斤道察訪 등을 거쳐 다시 진주판관에 임명되었다. 1600년(선조 33) 능성현령으로 있을 때 능주향교를 중건하였다. 문집에 『영무성일고』 2권이 있다.

이정의 본관은 재령載寧이고, 자는 여함汝涵이다. 임진왜란 때 함안군수 유숭인柳崇仁의 휘하에서 소모관召募官으로 활약하였고, 의령현감으로 재직하던 정유재란 때에는 의령에 침입한 왜군을 격파하였다. 1602년 상주목사를 거쳐 지중추부사에 올랐다. 덕천서원 중건에 참여하였고, 문집인 『모촌집』 5권 2책이 있다.

유종지의 본관은 문화文化이고, 자는 명중明仲이다. 참봉參奉에 제수除授되었지만 사임하였다. 기축사화己丑士禍 때 정여립鄭汝立의 무리로 지목되어 옥사하였다. 문집인 『조계실기潮溪實紀』 2권 1책이 있다.

하수일의 본관은 진주晋州이고, 자는 태이太易이다. 1589년(선조 22) 사마시에 합격하여, 생원이 되고, 1591

년(선조 24) 식년문과에 병과로 급제하였다. 1607년 형조
좌랑·형조정랑을 거쳐 현감을 지냈다. 문집으로 『송정
집』이 있다.

8. 완계서원浣溪書院

○ 건립연도 : 1614년

○ 사액연도 : 1788년

○ 제향인물 : 권도權濤, 권극량權克亮

○ 소재지 : 경상남도 산청군 신등면 단계리 113번지

○ 연혁 및 현황

완계서원은 1614년(광해군 6)에 권도權濤(東溪, 1575~
1644)를 기념하고 추모하기 위해 창건된 후, 1788년(정조
12)에 사액되었다. 그 뒤에 권극량權克亮(東山, 1584~1631)
을 추가로 배향하였지만, 1871년(고종 8)에 훼철되었다.
1883년(고종 20)에 강당을 중수하였고, 1985년에 중건하
였다.

솟을대문인 직방문直方門을 들어서면 정면에 완계서원
이라는 현판이 걸린 정면 5칸 측면 2칸의 강당이 있고,
오른쪽에 동재가 있다. 서재는 생략되어 있으며, 강당 뒤
에 신문神門과 담장으로 둘러싸여 있는 경덕사景德祠가
있다.

○ 관련 인물

주벽인 권도의 본관은 안동安東이고, 자는 정보靜甫이

완계서원

다. 1601년(선조 34) 진사시에 합격했고, 1623년(인조 1)
승정원주서가 되었다. 1624년(인조 2) 이괄李适의 난이
일어났을 때 왕을 호종扈從한 공으로 원종훈原從勳이 되
어 성균관전적이 되었다. 그 뒤 홍문관부수찬과 영사원
종공신寧社原從功臣 1등에 책록되었지만, 1631년 원종의
추숭追崇을 반대하여 남해로 유배되었다. 1640년에 사간
원 대사간에 올랐다. 사망한 후 이조판서에 추증되었고,
문집으로『동계집』 8권이 있다.

　권극량의 본관 역시 안동安東이고, 자는 사임士任이다.

1627년(인조 5)에는 영릉참봉英陵參奉에 임명되었으나 나
아가지는 않았다. 문집인 『동산선생문집』 3권이 있다.

9. 예연서원禮淵書院

○ 건립연도 : 1618년

○ 사액연도 : 1677년

○ 제향인물 : 곽재우郭再祐, 곽준

○ 소재지 : 대구광역시 달성군 유가면 가태리 538번지

○ 연혁 및 현황

예연서원은 1618년 임진왜란에서 의병장으로 활약한 곽재우郭再祐(忘憂堂, 1552~1617)를 추모하기 위해 세운 서원이다. 처음에는 사당인 충현사忠賢祠만 갖추었다가, 1674년 당시 현감이었던 유천지柳千之가 그 규모를 확장하여 서원의 모습을 갖춘 후, 1677년(숙종 3) 사액서원이 되었다. 하지만 대원군의 서원철폐령으로 1868년(고종 5)에 훼철된 후, 1872년(고종 9) 다시 경의당景義堂을 건립하였다. 하지만 이마저 한국전쟁으로 완전히 소실되었는데, 1977년 강당과 삼문三門을 복원하고 1984년 사당을 복원하면서 현재의 모습을 갖추게 되었다. 현재 곽재우 외에 그의 재종숙이자 정유재란 때 안음현감安陰縣監으로 황석산성黃石山城에서 전사한 곽준을 추가로 배향하고 있다. 서원의 입구에는 곽재우와 곽준의 신도비와 비각이 웅장하게 세워져 있는데, 곽재우의 신도비는 1761

예연서원

년에 세워졌고, 곽준의 신도비는 1634년 현풍 대리에 세
웠던 것을 곽재우의 신도비를 건립하면서 옮겨왔다.

○ 관련 인물

주벽인 곽재우는 임진왜란 때의 의병장으로 본관은 현
풍玄風이고, 자는 계수季綏이며, 경상남도 의령宜寧에서
출생하였다. 1585년(선조 18) 별시別試 문과에 급제하였
으나 답안지에 왕의 뜻에 거슬리는 글귀가 있다는 이유
로 합격이 취소되었다. 이 일로 과거를 포기하고 남강南
江과 낙동강의 합류 지점인 기강岐江 가에 집을 짓고 은
거하였다. 1592년 4월 14일 임진왜란이 일어나 관군이

대패하자 같은 달 22일 의령에서 의병을 일으켰다. 5월에는 함안군을 수복하고 정암진鼎巖津에서도 대승을 거두었다. 그 공으로 유곡찰방幽谷察訪에 임명되었다가 다시 형조정랑이 되었다. 10월에는 절충장군折衝將軍으로 승진하여 조방장助防將을 겸임하다가 성주목사星州牧使에 임명되어 악견산성岳堅山城 등을 수축하였다. 1595년 진주목사에 임명되었으나 벼슬을 버리고 낙향하였다가 1597년 정유재란 때 경상좌도방어사慶尙左道防禦使로 임명되어 화왕산성火旺山城을 수비하였다. 1604년(선조 37)에 찰리사察理使에 임명되어 인동仁同의 천생산성天生山城을 보수하였고, 10월에는 가선대부용양위상호군嘉善大夫龍驤衛上護軍에 임명되었다. 1610년(광해군 2년)에는 오위도총부의 부총관을 역임하였고, 이어 함경도관찰사를 거쳐 1612년 전라도병마절도사에 임명되었으나 나가지 않았다. 그 뒤 병마절도사, 삼도수군통제사, 한성부좌윤 등 여러 차례에 걸쳐 관직제수를 사양하고 낙향하였다. 1709년(숙종 35) 병조판서겸 지의금부사에 추증되었으며 시호는 충익忠翼이다. 문집으로『망우당집』이 있다.

10. 관산서원冠山書院

○ 건립연도 : 1620년

○ 사액연도 : 1711년

○ 제향인물 : 정구鄭逑, 강흔姜訢, 안여경安餘慶

○ 소재지 : 경상남도 창녕군 고암면 우천리 431번지

○ 연혁 및 현황

1620년(광해군 12) 정구鄭逑(寒岡, 1543~1620)·강흔姜訢·안여경安餘慶의 학문과 업적을 기리기 위해 창건한 서원이다. 1711년(숙종 37) 사액서원이 되었지만, 1868년(고종 5) 흥선대원군의 서원철폐령으로 훼철된 뒤 대체로 1900년대를 전후한 시기에 복원된 것으로 추정되는 관산서당이라는 현판을 단 강당이 있고, 2009년에 사당이 복원되었다. 사당을 복원하기 위해 공사를 하던 중, 서원철폐령에 의해 서원을 훼철하면서 땅에 묻었던 정구의 위패가 발견되기도 하였다.

○ 관련 인물

주벽인 정구의 본관은 청주淸州이고 자는 도가道可이며, 시호는 문목文穆이다. 13세인 1555년 성주향교 교수이자 종이모부인 오건吳健에게 역학을 배웠고, 1563년에

이황李滉을, 1566년에 조식曺植을 각각 찾아뵙고 스승으로 삼았다. 1563년 향시鄕試에 합격했으나 과거를 포기하고 학문 연구에 전념하였다. 1573년(선조 6) 김우옹金宇顒이 추천해 예빈시참봉禮賓寺參奉에 임명되었으나 나가지 않는 등 여러 번 관직에 임명되어도 사양하다가 1580년 창녕현감昌寧縣監으로 관직생활을 시작하여, 1584년 동복현감同福縣監, 그 이듬해 교정청낭청校正廳郎廳으로 『소학언해』·『사서언해』 등의 교정에 참여하였다. 임진왜란이 일어나자 통천군수通川郡守로 활약하였고, 이후 우부승지·장례원판결사·강원도관찰사·형조참판 등을 지냈다. 1603년 『남명집南冥集』을 편찬하는 과정에서 정인홍鄭仁弘이 이황과 이언적李彦迪을 배척하자 그와 절교하였다. 1608년(광해군 즉위년) 임해군臨海君의 역모사건이 있자 관련자를 모두 용서하라는 소를 올리고 대사헌직을 그만두고 귀향하였다. 1613년 계축옥사癸丑獄事 때 영창대군永昌大君을 구하려 했으며, 1617년에는 인목대비仁穆大妃를 서인庶人으로 쫓아내지 말 것을 주장하였다. 이를 계기로 만년에 정치적으로 남인으로 처신하지만 여전히 대부분의 조식 문인들과 관계를 끊지는 않았다. 사상적으로는 영남 남인과 다른 요소들이 있으며 뒤에 이익과 정약용으로 이어진 근기남인 실학파에 영향을 주었다. 인조반정 후에 이조판서에 그리고 효종 때에는 영의정에 추증되었다. 특히 예학에 밝아 1573년 『가례집람보

관산서원

주家禮輯覽補註』를 저술한 이래『오선생예설분류伍先生禮
說分類』·『심의제조법深衣製造法』·『예기상례분류禮記喪禮
分類』·『오복연혁도伍服沿革圖』등의 예서 외에 문집으로
『한강집』이 있다.

II. 회연서원檜淵書院

○ 건립연도 : 1622년

○ 사액연도 : 1690년

○ 제향인물 : 정구, 이윤우, 송사이宋師頤, 이홍기李弘
器, 이홍량李弘量, 이홍우李弘宇, 이서

○ 소재지 : 경상북도 성주군 수륜면 신정리 258번지

○ 연혁 및 현황

회연서원은 정구가 1583년 회연초당을 세워 강학하던
터에 그의 문인들을 중심으로 한 지역 유림이 1622년에
세운 서원이다. 1690년에 사액서원이 되었지만, 1868년
(고종 5) 대원군의 서원철폐령으로 훼철되었다. 현재 경
내의 건물로는 견도루見道樓, 각 3칸의 신 사당과 구 사
당, 전사청典祀廳, 정면 5칸 측면 3칸의 강당, 명의재明義
齋인 동재東齋와 지경재持敬齋인 서재西齋, 신문神門, 외
문外門, 고사庫舍, 향현사鄕賢祠, 신도비 등이 있다. 1974
년에 경상북도 유형문화재로 지정될 당시에는 강당만 있
었으며, 나머지 건물들은 1977년에 새로 건립하였다. 이
밖에 유물전시관인 숭모각崇慕閣에는 정구의 저서와 문
집의 판각 등 유물과 유품이 보존되고 있다. 현재 사당
에는 정구와 이윤우의 위패가 봉안되어 있고, 향현사에

회연서원

는 송사이宋師頤(新淵, 1519~1592), 이홍기李弘器, 이홍량
李弘量, 이홍우李弘宇, 이서 등의 위패가 모셔져 있다.

○ 관련 인물

주벽인 정구에 대해서는 앞의 관산서원에서 설명하고
있으므로 생략하고, 향현사에서 제향하고 있는 송사이의
본관은 합천陜川이고, 자는 경숙敬淑이다. 1570년(선조 3)
사마시에 생원 3등으로 합격하였다. 이후 경기전참봉慶
基殿參奉을 제수하자 곧 사직하고 향리에서 학문에 전념
한 것으로 전한다.

I2. 경행서원景行書院

○ 건립연도 : 1631년

○ 제향인물 : 김효원金孝元, 허목許穆

○ 소재지 : 강원도 동해시 송정동

○ 연혁 및 현황

1631년(인조 9)에 삼척 교리 북정산北亭山 밑에 삼척부사를 역임했던 김효원金孝元(省庵, 1542~1590)의 위패를 모신 경행사가 건립된 것이 서원의 효시였다. 1661년(현종 2)에 북정산 서쪽 기슭으로 옮겼고, 1824년(순조 24)에 다시 삼척부사 민사관閔師寬이 중수하면서 서원이라는 명칭을 사용하였다. 이때 삼척부사를 역임한 허목許穆을 추가로 배향하였다. 1828년(순조 28)에는 다시 서원을 송정동으로 이전하였고, 1837년(헌종 3)에 강원도관찰사 한익상이 강당을 세웠다. 1868년(고종 5)에 대원군의 서원철폐령에 따라 훼철되었는데, 이 때 위폐는 송정동 화랑포 북쪽에 매장하고, 서원의 재산이었던 학전學田과 서적 등은 모두 삼척향교로 이관되었다. 현재 경행서원이 있던 송정동 서원터에는 1989년에 세운 경행서원기적비가 있다.

이 서원이 몇 차례나 이건할 수밖에 없었던 까닭에 대

해 삼척부사를 지내며 마을의 수호신격인 오금잠신烏金
簪神을 불태우고 단오에 오금잠신에게 제사를 지내는 오
금잠굿을 금지시킨 김효원과 향약을 제정하여 시행하는
과정에서 지역 토호들을 구속했던 허목의 행적에 대한
지역민의 반발과 무관하지 않다고 한다.

o 관련 인물

주벽인 김효원의 본관은 선산善山이고, 자는 인백仁
伯이다. 1564년(명종 19)의 진사시와 이듬해의 알성문과
를 통해 관직에 올랐고, 병조좌랑·정언·지평 등을 역임
하였다. 1574년(선조 7년) 이조정랑으로 있던 오건吳健이
후임으로 김효원을 이조정랑으로 추천하여 천거되자 심
의겸沈義謙이 반대하였다. 결국 김효원은 이조정랑에 등
용되었지만 김효원의 후임으로 다시 심의겸의 동생 심충
겸沈忠謙이 이조정랑에 천거되자, 강하게 반대하는 일이
계기가 되어 김효원은 동인東人 세력의 중심인물이 되었
으며, 심의겸을 중심으로 하는 서인西人 세력과 반목 대
립하게 되었다. 당시 김효원의 집이 서울 동쪽 건천동에
있었기 때문에 동인이라고 불렀으며 심의겸의 집이 서울
의 서쪽 정릉에 있어 서인이라고 불렀다. 김효원은 흔히
동서 붕당朋黨이 갈리는 원인을 제공한 인물로 평가되는
데, 동인과 서인의 대립이 격화되자 그 중심인물을 모두
중앙에서 내보내자는 이이李珥의 의견에 따라 경흥부사

로 나간 뒤, 부령부사를 거쳐 삼척부사로 옮겼다. 그 뒤
에 안악부사를 거쳐 영흥부사 재임 중에 사망하였다.
이조판서에 추증되었고, 문집으로『성암집』이 있다.

13. 회원서원檜原書院

○ 건립연도 : 1634년

○ 제향인물 : 정구鄭逑, 허목許穆

○ 소재지 : 경상남도 창원시 회원구 회원2동 665번지

회원서원

○ 연혁 및 현황

마산시 교방동 327번지에 정구가 강학하던 관해정觀海亭이 있었는데, 1634년(인조 12)에 정구鄭逑와 허목許穆의 위패를 모시면서 이 정자를 토대로 하여 서원이 창건되었다. 1868년(고종 5) 서원철폐령으로 훼철된 후, 1886년(고종 23)부터 다시 관해정이라는 이름으로 제향을 올렸다. 2001년 옛터에서 40m 떨어져 있는 회원2동 665번지로 이전하여 현재의 모습으로 복원하였다. 주택가 한 가운데 복원된 서원은 출입문인 상우문上右門을 들어서면 왼편으로 회원서원 현판이 걸려있는 강당과 오른 편에는 관리인이 거주하는 관리사가 있으며, 정면에는 사당인 경덕사敬德祠가 있다.

○ 관련 인물

주벽인 정구에 대해서는 앞의 관산서원을 참조.

14. 도정서원道正書院

o 건립연도 : 1640년

o 제향인물 : 정탁鄭琢, 정윤목鄭允穆

o 소재지 : 경상북도 예천군 호명면 황지리 447번지

o 연혁 및 현황

정탁鄭琢(藥圃, 1526~1605)의 위패를 모시기 위해 1640
년(인조 18) 처음 사당을 지었으며, 강당을 건립하여 1696
년(숙종 23) 도정서원으로 확장하였고 1786년(정조 10)에
는 정탁의 셋째 아들인 정윤목을 추가로 배향하였다.
1866년(고종 3) 흥선대원군의 서원철폐령으로 일부가 훼
철되었지만, 1997년 동·서재, 전사청, 누각 등 5동의 건
물을 새로 지어 복원하였다.

o 관련 인물

정탁의 본관은 청주淸州이고, 자는 자정子精이다.
1552년(명종 7) 사마시司馬試를 거쳐 1558년 식년문과式
年文科 병과에 급제한 뒤 정언正言·헌납獻納을 거쳐 1568
년(선조 1) 교리 겸 춘추관기주관校理兼春秋館記注官이 되
어 『명종실록明宗實錄』 편찬에 참여하였고, 이조좌랑·응
교應敎 등을 지냈다. 진하사進賀使로 명나라에 다녀왔으

며 예조판서·형조판서·이조판서 등을 지냈다. 임진왜란 당시에는 몽진蒙塵하는 선조를 호종하였으며, 곽재우· 김덕령·이순신 등을 천거하였다. 1603년 영중추부사에 올랐으며, 호종공신扈從功臣 3등, 서원부원군西原府院君에 봉해졌다. 문집으로 『약포문집』이 있고, 저서에 『용만문견록龍灣聞見錄』이 있다.

15. 청곡서원清谷書院

o 건립연도 : 1642년
o 사액연도 : 1642년
o 제향인물 : 이천경李天慶
o 소재지 : 경상남도 산청군 신안면 청현리 110번지

청곡서원

○ 연혁 및 현황

청곡서원은 1642년(인조 20) 이천경李天慶(日新堂, 1538~
1610)을 추모하기 위해 창건하였다. 1642년(인조 20)에 사
액되었으며, 1871년(고종 8)에 서원철폐령에 의해 훼철된
것을 1922년에 복원하였고 1983년에 다시 중수하였다.
현재 서원의 건축물은 경덕문景德門이라는 현판이 걸려
있는 정문과 강당 그리고 사당인 백원사百源祠로 구성되
어 있다. 그리고 서원과 접해서 이천경의 서재로 쓰였던
일신재日新齋가 복원되어 있다.

○ 관련 인물

주벽인 이천경의 본관은 강양江陽(합천)으로, 자는 상
보祥甫이며, 단성丹城 출신이다. 임진왜란에서 재종제인
이경림과 함께 의병을 모집하여 곽재우 부대를 지원했
다. 69세에 이광우, 하수일 등과 함께 『덕천서원원생록』
을 수정하였다. 1623년 공조참판에 추증되었고, 문집으
로 『일신당집日新堂集』 2권이 전한다.

16. 사양서원泗陽書院

o 건립연도 : 1651년

o 제향인물 : 정구鄭逑, 이윤우李潤雨, 이원경李遠慶

o 소재지 : 경상북도 칠곡군 지천면 신리 43-1번지

사양서원

○ 연혁 및 현황

사양서원은 1651년(효종 2)에 본래 사수동泗洙洞에 창
건하여 정구鄭逑를 주벽主壁으로 하고 이윤우李潤雨를 배
향配享하였다. 1694년(숙종 20)에 현재의 장소로 이건하
면서 이원경李遠慶도 함께 제향하였다. 1868년(고종 5)에
대원군의 서원철폐령으로 다른 건물들은 모두 훼철되었
고 강당인 경회당景晦堂만 남아 '사양서당'이라는 현판을
걸고 있다. 경회당은 정면 5칸, 측면 1칸 반 규모의 맞배
지붕이다. 평면은 가운데 3칸의 넓은 마루를 중심으로
좌우에 온돌방을 두고, 전면에는 반칸 규모의 툇간을 두
었다. 서원이 처음 창건될 당시에는 사당과 강당 외에 폄
우제貶遇齊, 정완재訂頑齋, 봉하문鳳下門, 양현청養賢廳
등이 있었던 것으로 전한다.

○ 관련 인물

주벽인 정구에 대해서는 앞의 관산서원을 참조.

17. 용연서원龍淵書院

o 건립연도 : 1664년

o 사액연도 : 1691년

o 제향인물 : 박인朴絪, 문동도文東道

o 소재지 : 경상남도 합천군 용주면 손목리 손목3길
94호

o 연혁 및 현황

용연서원은 1664년(현종 5) 박인朴絪(无悶堂, 1583~1640)
을 추모하기 위해 창건한 서원이다. 1691년(숙종 17)에
사액되었고, 1714년(숙종 40)에는 문동도文東道를 추가로
배양하였다. 1867년(고종 4) 대원군의 서원철폐령으로 훼
철된 후, 현재 사당인 3칸의 용연사龍淵祠와 조계정사釣
溪精舍, 벽한정碧寒亭 등이 복원되어 있다.

o 관련 인물

주벽인 박인의 본관은 고령高靈이고, 자는 백화伯和이
다. 1583년(선조 16) 야로면 하림리의 외가에서 출생하였
다. 본래 호를 임헌臨軒으로 쓰다가 인조 15년 삼전도의
국치 후 무민당으로 고쳤다. 46세 때 봄 조식의 아들 조
차마曹次磨가 조식의 '연보'와 '사우록'을 부탁하였는데,

용연서원의 벽한정

54세 때『산해사우연원록』의 초고를 완성했다. 50세에 창릉참봉昌陵參奉에 제수되었지만 부임하지는 않았다. 문집인『무민당집』9권 5책이 있다.

18. 도암서원道巖書院

o 건립연도 : 1666년

o 제향인물 : 김면金沔, 이기춘李起春

o 소재지 : 경상북도 고령군 쌍림면 고곡동 26번지

o 연혁 및 현황

도암서원은 1666년(현종 7) 현감 조봉원趙逢源의 협조 아래 고령읍내에 세워져 김면金沔(松菴, 1541~1593)과 이 기춘李起春을 제향하였다. 1789년(정조 13) 현위치로 이 전하며 신도비를 건립하였지만, 1868년(고종 5) 철폐령에 의해 훼철되었다. 1903년(광무 7)에 도암서당으로 중건하 였고, 2002년 5월 도암서원을 복원하고 오직 김면 만을 제향하고 있다. 현재 사당 도암사道巖祠 3칸, 강당 5칸, 동재와 서재 각 3칸, 상평루常平樓 5칸 등이 있다.

o 관련 인물

김면의 본관은 고령으로, 1541년(중종36) 고령현의 양 전동量田洞에서 출생하였다. 1592년 임진왜란이 일어나 자 고령과 거창 등에서 의병을 모집하여 수십 차례에 걸 친 전투에서 승리하면서 의병장으로 추대되었다. 조정에 서 그의 공을 인정하여 합천군수, 장악원정掌樂院正, 첨

도암서원

지중추부사僉知中樞府事, 경상도의병도대장을 거쳐 경상
우도병마절도사慶尙右道兵馬節度使로 임명되었다. 왜군
과 선산善山에서의 일전을 준비하던 중 병으로 사망하였
다. 병조판서兵曹判書를 추증하였다가 다시 원종일등공
신에 정헌대부이조판서에 가증되었다.

19. 도림서원道林書院

○ 건립연도 : 1672년

○ 제향인물 : 정구鄭逑, 이용李涌, 박제인朴齊仁, 이정李瀞

○ 소재지 : 경상남도 함안군 함안면 대산리

○ 연혁 및 현황

　도림서원은 경상남도 함안군 함안면 대산리에 있었던 서원으로 1672년에 건립되었다. 정구鄭逑를 주벽으로 이용李涌, 박제인朴齊仁(篁巖, 1536~1618), 이정李瀞을 배향하였다. 1869년(고종 6) 흥선대원군의 서원철폐령으로 훼철되어 지금까지 복원하지 못하였으며, 현재 유허비遺墟碑만 남아 있다.

○ 관련 인물

　주벽인 정구와 이정에 대해서는 앞의 관산서원과 대각서원에서 각각 설명하고 있으므로 생략하고, 박제인을 살펴보면 다음과 같다. 박제인의 본관은 경주이고, 자는 중사仲思이다. 함안 출생으로, 1594년(선조 27) 천거로 태릉참봉·왕자사부王子師傅에 임명되었으나 나가지 않았고, 1599년 송라도찰방松羅道察訪이 되었으나, 2년 만에 사직하였다. 1602년 시직侍直이 되었다가 사직하고 왕자

사부로 취임, 1605년 형조좌랑·군위현감을 거쳐, 1608년 제용감濟用監 판관으로 있다가 물러났다. 문집으로 『황암집』이 있다.

도림서원 유허비

20. 삼양서원三陽書院

o 건립연도 : 1675년

o 제향인물 : 정구, 전팽령全彭齡, 곽시郭詩

o 소재지 : 충청북도 영동군 양산면 자풍리

o 연혁 및 현황

1675년에 건립한 후, 1680년에 철폐되었으며, 그 후
복원되지 않았다.

o 관련 인물

주벽인 정구에 대해서는 앞의 관산서원 참조.

리. 종천서원宗川書院

○ 건립연도 : 1677년

○ 제향인물 : 하홍도河弘度, 하진河溍, 하연河演

○ 소재지 : 경상남도 하동군 옥종면 안계리 651

○ 연혁 및 현황

종천서원은 1677년(숙종 3) 하홍도河弘度(謙齋, 1593~1666)를 추모하고 기념하기 위해 창건하여 위패를 모신 후, 1697년에 하진河溍(台溪, 1597~1658)을, 그리고 1718년에 하연河演을 추가로 배향하였다. 대원군의 서원철폐령으로 1868년(고종 5)에 훼철되었다. 서원이 훼철된 후 1920년부터 하홍도가 1635년(인조 13) 세워 강학하던 모한재慕寒齋에 하홍도의 위패를 옮겨놓고 향사를 지냈고, 또 종천서원의 현판을 모한재로 옮겨옴으로써 실질적으로는 모한재가 종천서원의 역할을 하게 되었다. 현재 종천서원 현판이 걸려있는 모한재를 중심으로 경승루敬勝樓 등이 있다.

○ 관련 인물

주벽인 하홍도의 본관은 진주晉州이고, 자는 중원重遠이다. 성균관의 유생시절 벼슬길을 단념하고 낙향하여

종천서원

학문과 후진양성에 힘썼다. 1623년(인조 1) 인조반정 후 유
일遺逸로 천거되었으나 모두 사양하였다. 문집으로『겸재
집』이 있다.

  하진의 본관 역시 진주晉州이고, 자는 진백晉伯이다.
1624년(인조 2) 생원·진사 시에 합격하고, 1633년 증광문
과에 갑과로 급제하였다. 사재감직장司宰監直長에 임명
되었으나 부모봉양을 이유로 취임하지 않았고, 병자호란
때에는 의병장으로 활약하였으며, 병조낭관·헌납·지평
을 역임하다가 신병을 이유로 사임하였다. 1649년(효종
즉위년) 다시 지평에 임명되었지만 김자점金自點의 전횡
을 탄핵하고는 사임한 후 귀향하였다. 그 뒤 여러 번 장

령·사간·집의에 임명되었지만 모두 병을 이유로 나가지
않았다. 『태계문집』 4책이 있다.

22. 용원서원龍源書院

o 건립연도 : 1686년

o 제향인물 : 문위文緯, 변창후卞昌後

o 소재지 : 경상남도 거창군 가북면 용산리 157번지

o 연혁 및 현황

1686년(숙종 12)에 문위文緯(茅溪, 1555~1632)를 추모하기 위해 창건하여 위패를 모셨다. 1759년에 정시좌, 이성창 등이 주도하여 변창후卞昌後를 추가로 배향하였다. 그 뒤 후손 문석에 의해 가북 용산으로 이건하였고, 1868년(고종 6)에 대원군의 서원철폐령으로 훼철되었다가 1989년에 강당을, 이어서 1991년에 사당을 복원하였다. 강당과 사당인 모현사慕賢祠를 앞뒤로 배치하고 담장을 두르고 있다.

o 관련 인물

주벽인 문위의 본관은 남평南平이고, 자는 순부純夫이며, 거창居昌 출신이다. 1592년(선조 25) 임진왜란이 일어나자 거창에서 의병들을 모집하고, 의병장 김면金沔과 함께 고령高靈 등에서 활약하였다. 뒤에 동몽교관童蒙教官에 임명된 후, 선공감주부繕工監主簿·사헌부감찰을 지

용원서원

냈다. 광해군이 즉위하자 사직하고 고향으로 내려갔다. 인
조반정 후 70세의 나이로 고령현감에 부임하였으나, 수개
월 뒤 병으로 사임하였다. 문집으로『모계집』이 있다.

23. 도연서원道淵書院

○ 건립연도 : 1693년

○ 제향인물 : 정구, 허목, 채제공

○ 소재지 : 경상북도 봉화군 춘양면 서동리

○ 연혁 및 현황

1693년(숙종 19) 건립되었다. 조선 중기 문신 겸 학자
인 정구(1543~1620)와 허목(1595~1682), 조선 후기의 문
신인 채제공(1720~1799)을 제향하였지만 1868년(고종 5)
에 훼철된 후 복원되지 않았다.

○ 관련 인물

정구에 대한 설명은 관산서원을 참조.

24. 정강서원鼎崗書院

o 건립연도 : 1694년

o 제향인물 : 정온鄭溫, 강숙경姜叔卿, 하윤河潤, 유백
온兪伯溫, 이제신李濟臣, 이염李琰, 하천주河天澍, 진
극경陳克敬, 박민朴敏

o 소재지 : 경상남도 진주시 문산읍 옥산리 동부로 302
번길

o 연혁 및 현황

1694년(숙종 20)에 정온鄭溫(桐溪, 1569~1641)·강숙경姜
叔卿·하윤河潤·유백온兪伯溫·이제신李濟臣(陶丘, 1510~
1582)·이염李琰(雲塘, 1538~1588)·하천주河天澍(新溪,
1540~?)·진극경陳克敬(栢谷, 1546~1617)·박민朴敏(凌虛,
1566~1630) 등을 추모하기 위해 창건하여 위패를 모셨
다. 대원군의 서원철폐령으로 1868년(고종 5)에 훼철된
후 복원되지 않았고, 다만 서원터에 유허비가 세워져 있
을 뿐이다.

o 관련 인물

정온의 본관은 초계草溪이고, 자는 휘원輝遠이다.
1601년(선조 39)에 진사시에 합격하였고, 1610년(광해군

정강서원 유허비

2) 별시문과에 을과로 급제하여 시강원겸설서·사간원정언을 역임하였다. 임해군옥사에 대해 전은설全恩說을 주장했고, 영창대군이 강화부사 정항鄭沆에 의해 피살되자 상소를 올려 정항의 처벌과 폐모론의 부당함을 주장하였다. 그 결과 10년 동안 제주도에 유배되어 위리안치되었다. 인조반정 후 사간·이조참의·대사간·대제학·이조참판 등을 역임하였다. 1627년(인조 5) 정묘호란이 일어나자 왕을 호종하였지만, 강화도가 함락되고 항복이 결정되자 오랑캐에게 항복하는 수치를 참을 수 없다며 자결

했으나 성공하지 못하였다. 그 뒤 덕유산에 들어가 살다가 사망하였다. 숙종 때 영의정에 추증되었고, 시호는 문간文簡이다.

이제신의 본관은 철성鐵城이고, 자는 언우彦遇이다. 21세때 성균관成均館 유생儒生이 되고, 청하淸河 교관敎官이 되었으나 등용되지는 못했다. 만년에는 조식曺植과 함께 덕천동德川洞에서 살았다. 문집으로 『도구집陶丘集』이 있다.

이염의 본관은 고성固城이고, 자는 옥오玉吳이며, 진주晋州에서 태어났다. 선조 때 부령부사富寧府使·길주목사吉州牧使 등을 지냈고, 관직에서 사퇴한 후 낙향하여 학문에 전념하였다.

하천주의 본관은 진양晉陽이고, 자는 해숙解叔이다. 불행히 요절하였다.

진극경陳克敬의 본관은 여양驪陽이며, 자는 경직敬直이다. 진주 출신으로 평생 벼슬에 오르지 않고 학문에만 힘썼다. 왜란에 소실된 덕천서원을 1602년(선조 35) 유림들과 함께 중건하였다.

박민의 본관은 태안泰安이고, 자는 행원行遠이다. 정묘호란이 일어나자 의병을 일으켜 강우의병장江右義兵將으로 추대된 후, 의병을 이끌고 상주까지 달려갔으나 화의가 성립되었다는 소식을 듣고 되돌아갔다. 좌승지에 추증되었다.

25. 신계사新溪祠

ㅇ 건립연도 : 1694년

ㅇ 제향인물 : 이승李承

ㅇ 소재지 : 성주

ㅇ 연혁 및 현황

『전고문헌』 권14, 「문묘급원사고」에 따르면 신계사는 1694년에 창건된 것으로 보이지만, 다른 연혁이나 현황을 확인할 수 없다.

ㅇ 관련 인물

정구가 쓴 묘지명에 따르면 이승李承(晴暉堂, 1552~1598)의 본관은 완산完山(전주)이고, 자는 선술善述이다. 임진왜란 당시 피난처인 청주에서 사망하였다.

26. 고암서원古巖書院

○ 건립연도 : 1695년
○ 제향인물 : 노흠盧欽, 이흘李屹, 임진부林眞怤
○ 소재지 : 합천 삼가
○ 연혁 및 현황

고암서원은 1695년 건립되었다는 서원의 상량문만 전
해질 뿐, 서원은 훼철되고 없다. 노흠盧欽(立齋, 1527∼
1601)과 이흘李屹, 임진부林眞怤(九曲老夫, 1586∼1658)를
제향하였다.

○ 관련 인물

노흠의 본관은 광주光州이고, 자는 공신公愼으로 합천
출생이다. 1564년(명종 19) 생원시에 합격, 참봉·봉사가
되었으나 낙향하여 학문에 전념하였다. 1592년 임진왜란
때는 고향에서 의병을 일으켜 활약한 공으로, 별제別提·
찰방察訪 등에 임명되었으나 나가지 않았다. 문집으로
『입재고』가 있다.

임진부의 본관은 은진恩津이고, 자字는 낙옹樂翁이며,
예에 밝아 『예략禮略』이라는 책을 편찬하기도 하였다. 노
흠은 그의 외조부이기도 하다.

27. 목계서원牧溪書院(두릉서원)

○ 건립연도 : 1700년

○ 제향인물 : 이조李晁, 김담金湛

○ 소재지 : 경상남도 산청군 단성면 방목리 239번지

○ 연혁 및 현황

경상남도 산청군 단성면 방목리 239번지에 있는 목계서원은 1700년(혹은 1588년)에 두릉서원이라는 이름으로 창건하여 이조李晁(桐谷, 1530~1580), 김담, 권도權濤, 권극량權克亮의 위패를 봉안하고 제향하였다. 1719년(숙종 45)에 훼철되었는데, 1778년(정조 2)에 복설하면서 그 이름을 목계서원으로 고쳤다. 그런데 복설될 때 권도의 위패는 이미 도천서원道川書院으로 이안하였고, 권극량의 위패 역시 서원이 복설되었을 때는 향사하다가 얼마 후 완계서원浣溪書院으로 이안하였다. 그래서 이 서원의 제향자는 이조와 김담만 남게 되었다. 대원군의 서원철폐령에 의해 훼철된 것을 1883년에 강당을 중수하면서 현재의 모습으로 복원되었다. 현재 이 서원은 목계서원, 용운재, 목계정사牧溪精舍라는 현판이 걸린 강당, 마당 한켠의 고사, 그리고 대문으로 구성되어 있다.

목계서원

○ 관련 인물

이조의 본관은 성주星州이고, 자는 경승景升이다.
1567년(선조 즉위)에 식년문과에 병과로 급제하고 진주와
경주의 훈도訓導로 있다가 1574년 성균관전적·사헌부감
찰에 올랐으나 곧 낙향하였다. 그 뒤 봉상시주부로 임명
되었으나 나가지 않았고 원당정사元堂精舍를 짓고 학문
에 정진하였다. 1577년 해미현감, 1579년 형조좌랑,
1580년 다시 형조좌랑에 제수되었으나 모두 나가지 않
고 사망하였다. 문집으로『동곡실기』가 있다.

28. 임천서원臨川書院

o 건립연도 : 1702년

o 제향인물 : 이준민李俊民, 강응태姜應台, 성여신成汝信
   成汝信(浮査, 1546~1632), 하증河橙, 한몽삼韓夢參

o 소재지 : 경상남도 진주시 금산면 가방리加芳里 금산
   순환로 382번길 15호

o 연혁 및 현황

1702년(숙종 28) 이준민李俊民(新菴, 1524~1590), 강응
태姜應台, 성여신成汝信, 하징河橙(滄州, 1563~1624), 한몽
삼韓夢參(釣隱, 1589~1662)의 학행을 기리고자 세운 서원
이다. 1869년(고종 6) 서원철폐령으로 훼철된 것을 1935
년 현 위치에 임천서당으로 복원하였다.

o 관련 인물

주벽인 이준민의 본관은 전의全義이고, 자는 자수子
修이며, 조식曺植은 그의 외숙이다. 1549년(명종 4) 식년
문과에 병과로 급제해 홍문관정자에 제수되고, 1554년
사간원정언을 거쳐, 1556년 황해도사로 중시에 병과로
급제, 홍문관수찬에 올랐다. 사헌부지평과 영월군수를
거쳐 1561년 강릉대도호부사·세자시강원문학·강계부사

임천서원

를 지냈다. 선조가 즉위하자 승정원으로 자리를 옮겨 좌
승지를 역임하고, 1570년(선조 3) 평안도병마절도사가 되
었다. 그 뒤 경기관찰사·공조참판을 거쳐 1575년 평안도
관찰사에 올랐다. 그 뒤 내직으로 옮겨 병조판서·지의금
부사·의정부좌참찬을 지냈다. 하지만 붕당이 점차 심화
되자, 병을 핑계로 벼슬에 나가지 않았다. 시호는 효익孝
翼이다.

　성여신의 본관은 창녕昌寧이고, 자는 공실公實이다.
1609년(광해군 1) 64세로 사마시司馬試에 합격하였으며,

문집으로 『부사집浮査集』이 있다.

하징의 본관은 진주晉州이고 자는 자평子平이다. 1597년 정유재란 때에 왜군에게 사로잡혀 끌려갔으나 21년 만에 돌아왔다. 저서로는 『계몽황극서啓蒙皇極書』와 『창주집滄州集』 3권이 있다.

한몽삼의 본관은 청주淸州이고, 자는 자변子變이다. 1613년(광해군 5) 생원시에 급제하였고, 1639년(인조 17) 학행으로 천거되어 자여도찰방自如道察訪에 임명되었으나 3개월 만에 사직하고 낙향하였다. 그 뒤 동몽교관童蒙教官에 임명되었으나 나아가지 않았다. 병자호란 때에는 의병을 일으켰으나 화의가 성립되자 서계西溪에 은거하였다. 1729년(영조 5) 사헌부집의에 증직되었고, 문집으로 『조은집』 4권이 있다.

29. 봉계서원鳳溪書院

ㅇ 건립연도 : 1702년

ㅇ 제향인물 : 김우옹金宇顒, 신용申涌, 신집申潗, 권상權常

ㅇ 소재지 : 충청북도 청주시 상당구 월오동 160번지

ㅇ 연혁 및 현황

　김우옹金宇顒(東岡, 1540~1603)을 주향으로, 신용申涌, 신집申潗, 권상權常 등 4인의 위패를 모신 서원이다. 권상을 제외한 3인은 서원 창건 당시부터 제향된 반면, 권상의 경우는 1760년(영조 36)에 백록서원에 있던 위패를 옮겨와 제향하였다. 1871년에 흥선대원군의 서원철폐령에 의해 훼철되어 현재 서원 입구에 홍살문의 주초석 2기만이 남아 있고, 서원은 복설되지 않았다.

ㅇ 관련 인물

　김우옹의 본관은 의성義城이며, 경북 성주星州에서 출생하였다. 자는 숙부肅夫이고, 시호는 문정文貞이다. 24세 때 남명의 외손녀와 혼인하였다. 1567년(명종 22) 별시문과에 병과로 급제, 홍문관정자弘文館正字를 역임하고, 1573년(선조 6)에는 사가독서賜暇讀書를 한 뒤 오랫동안 경연관經筵官으로 있었다. 부수찬副修撰·전적典籍·교

리校理·직제학直提學 등을 역임하고, 1583년 대사성大司成을 거쳐 안동부사安東府使로 있다가, 1589년 정여립鄭汝立과 교분이 두텁다는 이유로 회령會寧으로 유배되어, 그곳에서『속강목續綱目』15권을 편찬하였다. 1592년 임진왜란이 일어나자 풀려나와 부호군副護軍이 되어 비어기무備禦機務 7조를 건의하고, 병조참판·한성부좌윤漢城府左尹·대사성大司成·대사헌大司憲 등을 역임하였다. 1599년 다시 한성부좌윤, 1602년 교정청당상校正廳堂上 및 동지경연사同知經筵事가 되었고, 이어 부제학·이조참판·대사성 등을 역임하였다. 사후에 이조판서에 추증되었고, 문집에는『동강문집東岡文集』외에『속자치통감강목續資治通鑑綱目』·『경연강의經筵講義』등이 있다.

30. 인천서원仁川書院

○ 건립연도 : 1719년

○ 제향인물 : 최탁崔濯, 최득경崔得經, 최기필崔琦弼, 김
성운金聖運

○ 소재지 : 경상남도 하동군 북천면 서황리 954

○ 연혁 및 현황

최탁崔濯(竹塘, 1598~1645)을 추모하여 본래 옥정리 남
포마을에 창건하였다. 1868년(고종 5) 서원철폐령에 의해
서원이 훼철된 후, 1903년에 최탁이 태어난 현재의 위치
에 경현당景賢堂을 세우고 인천서원의 현판을 옮겨 걸었
다. 1960년에 경현당 뒤에 사당인 경인사景仁祠를 건립
하여 인천서원에 모시던 최탁을 위시하여 최득경崔得經,
최기필崔琦弼(茅山, 1562~1593), 김성운金聖運의 위패를
다시 봉안하였다.

○ 관련 인물

주벽인 최탁의 본관은 전주全州이고, 자는 극수克修이
다. 1630년(인조 8) 무과에 급제, 1636년 병자호란 때 남
한산성에서 싸우다가 인조가 항복한 후 소현세자昭顯世
子가 심양瀋陽에 볼모로 가는 데 배종陪從하였다. 1645년

인천서원

돌아와 죽산부사가 되었으나, 곧 사퇴하고 속리산에 은
거하였는데, 벼슬을 버린 죄로 남양에 유배되었다가 곧
풀려나 재자관齎咨官으로 청나라에 갔다가 돌아오는 도중
옥하관玉河關에서 병사하였다. 우부승지에 증직되었다.

　최기필의 본관은 전주全州이고, 자는 규중圭仲이다. 일
찍이 지방관의 추천을 받아 봉사가 되었다. 진주부관을
지낸 뒤, 관직에서 물러나 학문에 힘썼다. 1592년(선조
25) 임진왜란이 일어나자 의병으로 활동하였으며, 1593
년의 진주성 전투에서 성이 함락되자 순국하였다. 병조
참의에 추증되었다.

31. 송정서원松亭書院

○ 건립연도 : 1721년

○ 제향인물 : 조임도趙任道

○ 소재지 : 경상남도 함안군 산인면 송정리

송정서원 유허비

○ 연혁 및 현황

송정서원은 1721년(경종 1)에 조임도趙任道(澗松堂, 1585~1664)를 제향하기 위해 건립한 서원이다. 1868년 (고종 5) 대원군의 서원철폐령에 의해 훼철되었고, 지금은 그 자리에 유허비가 건립되어 있다.

○ 관련 인물

주벽인 조임도의 본관은 함안咸安이고, 자는 덕용德 勇이다. 1604년(선조 37) 향시에 합격하였고, 그 이듬해 인 21세 때『관규쇄록管窺鎖錄』을 저술하였다. 1614년 에는 동당시東堂試에, 그 이듬해 향시에 합격하였고, 1627년(인조 5) 정묘호란 때 그를 의병장으로 추대하였으 나 신병으로 참여하지 못하였다. 1634년 공릉참봉恭陵參 奉, 1647년 대군사부大君師傅에 임명되었지만 부임하지 못하였다. 그 뒤에 또 공조좌랑으로 임명되었으나 병으 로 사직하고 부임하지 않았다. 사후 사헌부지평에 증직 되었고, 문집으로『간송집』7권 4책이 있다.

32. 청천서원晴川書院

○ 건립연도 : 1729년
○ 제향인물 : 김우옹金宇顒, 김담수金聃壽, 박이장朴而章
○ 소재지 : 경상북도 성주군 대가면 칠봉리 532

청천서원

○ 연혁 및 현황

1729년(영조 5) 김우옹金宇顒을 제향하기위해 창건한 서원이다. 대원권의 서원철폐령에 따라 훼철된 후, 후손인 김호림金護林이 종택의 사랑채를 고쳐 청천서당으로 중건하였다. 서당으로 중건된 이후 1910년 봄에 주손인 김창숙金昌淑이 서당을 수리하여 성명학교星明學校를 세우고 후진 양성을 위한 교사校舍로 활용하였다. 1992년에 현재 위치로 옮겨 건물을 복원되었다. 강당 건물은 정면 5칸 측면 1칸 반의 팔작지붕 기와집이고, 2칸 대청을 중심으로 왼쪽에 2칸 온돌방과 오른쪽에 1칸 온돌방이 있다. 사당은 강당의 북쪽에 또 다른 담장으로 둘러쳐 있다.

○ 관련 인물

봉계서원의 김우옹관련 설명을 참조.

33. 낙산서원洛山書院

○ 건립연도 : 1802년

○ 제향인물 : 이노李魯

○ 소재지 : 경상남도 의령군 부림면 경산리 박진로
62-4

○ 연혁 및 현황

낙산서원은 임진왜란 때 의병으로 활약한 이노李魯(松巖, 1544~1598)를 제향하기 위해 설립하였다. 1802년 경덕사로 창건하였다가 후에 낙산서원으로 이름을 고쳤다. 흥선대원군의 서원철폐령에 따라 훼철되었다가 강당과 대문간만 복원되어 있다. 현재 대문간에는 경앙문景仰門이라는 현판이 걸려 있고, 강당에는 낙산서당洛山書堂이라는 현판이 걸려 있다.

○ 관련 인물

이노의 본관은 고성固城이고, 자는 여유汝唯이며, 의령 출신이다. 1564년(명종 19) 진사시에 합격하여 봉선전참봉奉先殿參奉을 거쳐 1590년(선조 23) 증광문과에 갑과로 급제하여 직장이 되었다. 임진왜란이 일어나자 동생 이지李旨와 함께 의병을 일으켜 활동하며, 경상우도초유

낙산서원

使慶尙右道招諭使 김성일金誠一의 종사관從事官·소모관김
募官·사저관私儲官으로도 활약하였다. 형조좌랑 겸 기주
관·비안현감·정언 등의 관직을 역임하였다. 뒤에 이조판
서에 추증되었고, 저서로는『사성강목四姓綱目』·『용사일
기龍蛇日記』·『문수지文殊志』·『송암문집』등이 있다. 시호
는 정의貞義이다.

34. 이계서원伊溪書院

o 건립연도 : 1836년

o 제향인물 : 심자광沈自光, 심일삼沈日三

o 소재지 : 경상남도 합천군 대양면 대목리 이계마을

o 연혁 및 현황

이계서원은 합천군 대양면 대목리 이계마을 가장 깊숙한 곳에 위치해 있는 서원으로, 심자광沈自光(松湖, 1592~1636), 심일삼沈日三(月溪, 1615~?)을 제향한 서원이다. 본래 심일삼은 명곡서원에 제향되고 있었는데 서원을 세우면서 이계서원으로 옮겨 심자광과 함께 제향하였다. 1868년(고종 5)에 훼철된 후, 현재는 도천정道川亭과 이락재伊樂齋가 남아 있다.

o 관련 인물

주벽인 심자광의 본관은 청송靑松이고, 자는 중옥仲玉이다. 1625년에 무과武科에 급제한 후 훈련원訓練院의 참사, 주부主簿 등을 역임하였으며, 병자호란 때 훈련원정으로 참전하였다가 남한산성에서 순절하였다. 좌승지에 증직되었다.

심일삼의 본관 역시 청송이고, 자는 성오省吾이며, 심

이계서원

자광의 조카이다. 효행으로 1727년(영조 3) 좌랑佐郎으로
증직되었다.

35. 옥동서원玉東書院

(河東 北芳里 守正堂)

○ 건립연도 : 1917년

○ 제향인물 : 최영경崔永慶, 정홍조

○ 소재지 : 경상남도 하동군 옥종면 북방리 571

옥동서원

o 연혁 및 현황

옥산을 중심으로 동쪽에 있기 때문에 옥동서원玉東書院이라고 불렀다. 1910년 덕천서원에 조식曺植과 최영경崔永慶의 복향론이 거론되자, 진양정씨 문중이 최영경의 신원伸寃에 힘쓴 정홍조(1534~1590)를 같이 모시자고 의견을 제시해 1917년에 건립되었다. 사당인 존덕사尊德祠에는 최영경과 정홍조의 위패를 모시고 있다.

o 관련 인물

최영경에 대한 설명은 덕천서원 참조.

주 석

1) 한국민족문화대백과사전 http://encykorea.aks.ac.kr/
   Contents/Index?dataType=1009

2) 전용우, 「조선조 서원·사우에 대한 일고찰」(『호서사학』 13
   호, 호서사학회, 1985년), 6쪽.

3) 윤희면, 「조선시대 서원 정책과 서원의 설립 실태」(『역사
   학보』 제181집, 2004년), 81쪽.

4) 鄭民秉, 『箕疇遺集』 卷三, 「擬請祠院復設疏」

5) 이수환, 『조선후기 서원 연구』(서울: 일조각, 2001년), 360~
   361쪽.

6) 朱漢民, 『中國書院文化簡史』(香港中華出版, 2012년), 18~
   41쪽 참조.

7) 김기주, 「지리산권의 서원과 사우, 그 현황과 특징」(『남도
   문화연구』 22집, 순천대학교 남도문화연구소, 2012년), 9~
   10쪽 참조.

8) 이광세, 『동양과 서양 두 지평선의 융합』(서울: 도서출판
   길, 1998), 65쪽 참조.

9) 박병련,「남명학파 성쇠과정의 정치사회적 특성과 사림의 동향」,『남명학연구』제16집(2003), 경상대학교 남명학연구소, 201쪽 주)1 참조.

10) 이상필,『남명학파의 형성과 전개』(와우출판사, 2005년), 91쪽.

11) 한국사상사연구회,『조선유학의 학파들』(예문서원, 1996년), 5~6쪽.

12) 박병련 등이 지은『남명학파와 영남우도의 사림』(예문서원, 2004), 457~459쪽에서도 비슷한 시각 아래 남명학파의 전개과정을 서술하고 있다.

13) 물론『덕천사우연원록』이 장점만 있는 것은 아니다. 가장 오래된 기억이나 기록에 의존했다는 점은 이 연원록의 신뢰성을 회의할 수 있는 가진 가장 큰 단점이기도 할 것이다.

14) 鄭萬朝編,『朝鮮陞廡諸賢文選 附院享錄』, 朝鮮陞廡諸賢文選出版所, 1925(大正14年).

15) 이상해·안장헌,『서원』, 열화당, 2004년.

16) 최완기·김종섭,『한국의 서원』, 대원사, 1991.

17) 창원대학교 경남학연구센터,『경남의 서원』, 선인, 2008.

18) 이상해·안장헌,『서원』(열화당, 2004년), 373쪽 참조.

19) 이상필,『남명학파의 형성과 전개』(와우출판사, 2005), 129~133쪽.

20) 남명학연구원저, 『남명학파 연구의 신지평』(예문서원, 2008), 349쪽.

21) "영남인사들은 움직였다 하면 서원이나 사묘를 세우고 문집을 편간한다. 그것은 과거나 벼슬이 종전처럼 여의치 않으니 그런 사업이라도 추진함으로써 우선 사대부의 명분을 잃지 않고 문중과 씨족을 보존하여 민중에 군림하고 향리를 호령할 수 있다"(이우성, 『해외모일본』 소재 「지수점필(홍한주)」 권6, 영남문집조, 이수환, 「영남서원의 자료현황과 특징」, 『대구사학』 제65집, 재인용)는 말로 영남 특히 퇴계학파 계열에서 서원건립이 성행한 것을 이야기할 수도 있지만, 이황이 주세붕을 이어 서원건립운동을 전개했다는 사실에서, 그 이황을 계승한 퇴계학파가 왜 서원건립에 열의를 보일 수밖에 없었는지를 이해할 수도 있다.

참고문헌

鄭民秉, 『箕疇遺集』.

鄭萬朝編, 『朝鮮陞廡諸賢文選 附院享錄』(1925), 朝鮮 陞廡諸賢文選出版所.

세종대왕기념사업회 편집부(1994), 『국역 증보문헌비고』, 세종대왕기념사업회.

김형재(광복후 38년), 『重刊典故文獻』, 七葉窟書店.

이수환(2001), 『조선후기 서원 연구』, 일조각.

이상필(2005), 『남명학파의 형성과 전개』, 와우출판사.

남명학연구원 저(2008), 『남명학파 연구의 신지평』, 예문 서원.

한국사상사연구회(1996), 『조선유학의 학파들』, 예문서원.

이상해·안장헌(2004), 『서원』, 열화당.

최완기·김종섭(1991), 『한국의 서원』, 대원사.

창원대학교 경남학연구센터(2008), 『경남의 서원』, 선인.

전용우(1985), 「조선조 서원·사우에 대한 일고찰」, 『호서사 학』13호, 호서사학회.

박병련(2003), 「남명학파 성쇠과정의 정치사회적 특성과 사림의 동향」, 『남명학연구』 제16집, 경상대학교 남명학연구소.

이상필(2008), 「18세기 강우지역 남명학파의 분포와 동향」, 『남명학연구』 제11집, 경상대학교 남명학연구소.

윤희면(2004), 「조선시대 서원 정책과 서원의 설립 실태」, 『역사학보』 제181집.

김기주(2012), 「지리산권의 서원과 사우, 그 현황과 특징」, 『남도문화연구』 22집, 순천대학교 남도문화연구소.

이수환(2001), 「영남서원의 자료 현황과 특징」, 『대구사학』 제65집, 대구사학회.

한국민족문화대백과사전 http://encykorea.aks.ac.kr/ Contents/Index?dataType=1009

■ 김기주

계명대학교 철학과를 졸업하고, 臺灣東海大學 哲學硏究所에서 석사·박사학
위를 취득하였다. 현재 국립순천대학교 지리산권문화연구원 인문한국(HK)
교수로 재직하고 있다.

저역서로는『조선시대 심경주주 주석서 해제』(공저),『심경부주와 조선유
학』(공저),『심체와 성체』(공역),『유교와 칸트』(공역) 등이 있으며,「기발리
승일도설로 본 기호학파의 3기 발전」,「이상사회에서의 일과 노동」등 40여
편의 유학·성리학관련 논문이 있다.

서원으로 남명학파를 보다

인   쇄 2013년 10월 15일 초판 인쇄
발   행 2013년 10월 22일 초판 발행
글 쓴 이 김기주
발 행 인 한정희
발 행 처 경인문화사
등록번호 제10-18호(1973년 11월 8일)
주   소 서울시 마포구 마포동 324-3 경인빌딩
대표전화 02-718-4831~2 · 팩 스 02-703-9711
홈페이지 http://kyungin.mkstudy.com
이 메 일 kyunginp@chol.com

ISBN 978-89-499-0960-8 03810
값 11,000원

※ 이 책은 저작권법에 따라 보호받는 저작물이므로 무단전재와 무단복제를 금지합니다.
※ 파본 및 훼손된 책은 교환해 드립니다.